KB080110

월급쟁이
이피디의
사 생 활

월급쟁이
이피디의
사 생 활

이동원   지음

느린
서재

차례

1부   어쩌다가

2부   아무튼

3부　　　　　　　　　　　　　　　　　　꿋꿋하게

프롤로그

나는
월급쟁이입니다

프롤로그를 쓰겠다고 각 잡고 앉은 지 벌써 2주째다. 글자가 하나도 안 써진다. 뭘 써야 할지 솔직히 모르겠다. 애당초 이 책은 계획에 없던 프로젝트다.

어쩌다 보니 생각보다 특이한 삶을 살았다. 내 경험이 조금 색달라서인지 내 이야기를 다들 재미있어했다. 친구들과 커피 마시며 수다 떨 때 나오는 에피소드들이었다. 직장 동료와의 술자리에서도 인기 좋은 안줏거리였다. 아무튼 다들 좋아했다. 가끔은, 아니 조금 자주 수위조절을 못 해 분위기가 싸해질 때도 있긴 했다. 여하튼 나의 일상이 남들에겐 세상 처음

들어보는 신기하면서도 기막힌 이야기였다. 문득 퇴근길에 그
런 생각이 들었다. 이 이야기를 다 까먹기 전에 종이에 옮겨둬
야 하지 않을까 하고.

별생각 없이 쓰기 시작했다. 애당초 제목도 없었고 누군가
에게 보여줄 생각도 없었다. 재밌고 즐거웠던, 때론 힘들고 고
달팠던 경험담을 옮겨둘 생각뿐이었다. 나이를 먹어 기억력이
떨어질 무렵 꺼내 읽어보며 술자리에서 안주로 써먹어야겠다
는 생각 정도?

근데 이 이야기가 어쩌다 인연이 닿아 연재물이 되어 세상
에 공개됐다. 무슨 주간 베스트셀러로 선정도 되고, 결국 책
으로 출간될 위기(?)에 몰렸다. 그래서 이렇게 앉아 끙끙 앓게
된 것이다. 어쩌다 또 이런 일을 벌인 건지. 정말 내 인생은 '어
쩌다'가 가져온 위기의 연속이다.

나는 그저 평범한 월급쟁이 직장인이다. 방송국 피디는 조
금 특이한 직업이긴 하지만 여느 사람들과 다를 바 없는 회사
원일 뿐이다. 아주 가끔은 내가 만든 프로그램 때문에 나를
엄청난 능력자로 착각하시는 경우가 있다. 덕분에 유명 프로그
램에 출연한 적도 있었다. 자세히 들여다보면 그건 내가 능력
자여서가 아니라 회사가 만든 프로그램의 영향력이 대단한 덕

분이다. 나는 그저 회사에서 시키는 대로 일하며 월급을 받는 사원일 뿐이다. 다행히 실력 있고 성격 좋은 회사 선배들 밑에서 편하게 일하고 있고, 능력 있는 후배들의 아이디어에 티 안 나게 잘 얹혀사는 운 좋은 월급쟁이다. 그렇게 이 일을 벌써 10년 넘게 하고 있을 뿐이고.

어쩌다 이렇게 살게 되었는지 생각하다 보니, 어린 시절 내게 '꿈'이나 '장래희망'을 물어보던 어른들이 떠올랐다.

"넌 꿈이 뭐니?"
"학교에 가서 장래희망으로 뭘 쓸 거니?"

1 경찰관이요!
2 변호사가 되고 싶어요.
3 의사가 되어 아픈 사람들 치료해 줄 거예요.

친구들은 항상 이렇게 답했다. 요즘 아이들도 아마 비슷하게 말하지 않을까. 이상하게도 나는 저런 대답이 너무 싫었다. 왜 나의 소중한 '꿈'이자, 머나먼 장래의 '희망'이며, 미래의 '삶'이 꼭 '직업'이 되어야 하는 걸까. 먹고살자고 하는 일이 인생의 모든 것이 되는 걸 용납할 수 없었다. 그때마다 "행복하게 살고 싶어요"라거나 "멋진 아빠가 되고 싶어요" 정도로 돌려서 답하곤 했다. 그럴 때면 어이없다는 표정으로 나를 바라보는 어른들을 마주하기가 곤욕스러웠다.

모두가 직업과 꿈을 동의어로 받아들이는 세상에서 진심으로 즐겁고 행복하게 살려면 뭔가 달라야 할 것 같았다. 남들과는 아주 조금 다른 생각과 경험을 하면 될 것 같았다. 그래서 이십 대 초반부터 다른 것들만 찾아다녔다. 그러다 우연히 피디가 되었고 방송국 월급쟁이로 먹고살게 되었다.

피디라는 직업은 남들이 경험하지 못할 일들을 자주 마주하는 일이긴 하다. 그러나 솔직히 이런 경험을 기대한 건 아니었다. 그냥 적당히 즐기면서 남들과 다른 삶을 산다는 느낌만 가지면 행복하게 살 수 있겠지 싶었다. 근데 이건 정말이지 하루하루가 롤러코스터 그 자체다. 인생의 정점을 찍은 사람부터 바닥 끝자락에 도달한 인생까지, 정말 별별 사람을 다 만나고 부딪치는 게 내 일상이다. 게다가 워낙 일이 다이내믹하다 보니 근무시간도 만만치 않다. 물론 안 바쁠 때는 이만한 직업이 없지만 일이 들이닥칠 땐 사실상 무제한 근무 시스템이라고 봐야 한다. 언제 어디서 뭐가 터질지 모르는 긴장된 삶의 연속. 어쩌면 나는 그토록 싫어했던 '삶'과 '직업'이 하나가 되는 삶을 살고 있는지도 모르겠다.

죽도로 힘들어서 하루에도 열두 번씩 사표를 던지고 도망가고 싶다. 하지만 이 직업의 가장 큰 문제는 생각보다 재밌다는 거다. 내가 하는 일을 사람들이 알아주고 프로그램 잘 봤다고, 재밌다고 피드백도 해준다. 이런 직업이 얼마나 될까. 게다가 〈그것이 알고 싶다〉 같은 프로그램을 만들다 보면 좋은 일 한다며 칭찬을 받기도 한다. 무심결에 들어간 카페에서 사장님이 나를 알아보고 마카롱을 서비스로 주시기도 한다.

매달 닥쳐오는 대출이자와 카드 값을 막기 위해 해야만 하는 일. 회사 선배들이 시키는 대로 하고 있는 밥벌이가 사람들로부터 존중도, 칭찬도 받게 해주다니. 돈도 벌고 보람도 얻을 수 있는 얼마나 좋은 직업인가!

…라는 찰나의 달콤함에 취해 여전히 밤을 새며 회사원으로 살아가고 있다. 어쩌다 방송국에 취직해서 밤샘을 밥 먹듯 하는 팔자라니.

하여튼 나는 오늘도 닥친 일을 해내느라 뼈 빠지게 살아가는, 당신과 똑같은 월급쟁이 직장인일 뿐이다.

1부

어 쩌 다 가

나는 학교 폭력의
생존자입니다_____

검사, 변호사, 판사, 의사. 이른바 '사'자로 불리는 직업. 세상 정의를 바로 세우고 생명을 구하는 고귀하고 훌륭한 직업이라고 하지만, 나와 가까운 '사'짜들은 농담 삼아 이렇게 얘기하곤 했다. '사'자 달린 직업이란 나쁜 일이 생겨야만 밥벌이를 할 수 있는, 남의 불행을 먹고 사는 존재라고. 남의 불행, 보통 그건 죽음에 가까운 것들이다. 생물학적인 죽음이든 정신적 또는 사회적 죽음이든, 절박한 상황에 놓인 사람들에게 해결책을 찾아주고 그들은 '보수'를 받는다.

남의 불행을 먹고 사는 존재. 나 역시 마찬가지였다. 세상에서 가장 불행한 순간에 놓인 누군가를 만나 그들에게 닥친 슬픔과 피해를 오롯이 카메라에 담아 세상에 내보내는 직업. 잘못된 일을 세상에 대신 고발하고 불행한 누군가를 구제하는 꽤나 괜찮은 직업이라고들 말한다. 하지만 항상 내 머릿속에 남는 의문은, 왜 남의 불행으로 먹고살고 있는 걸까 하는 것. 심지어 '사'자 자격증도 없는 방송국 월급쟁이일 뿐인데.

남의 불행을 알아가다 보면 은연중에 그들의 감정과 아픔이 스며든다. 특히 〈그것이 알고 싶다〉를 만들 때 그랬다. 한 사건을 취재하는 데 약 3~4주 정도가 걸리는데 불행한 그들의 마음이 은연중에 내게 이입되곤 했다. 그 과정에서 괴로워하는 나를 자주 목격했다. 물론 이 70분짜리 프로그램은 객관적이고 중립적이며 사실관계에 입각해서 제작된다. 하지만 나도 인간인지라 그들의 슬픔과 아픔에 젖어들 수밖에 없다. 그래서 남의 불행을 먹고 사는 직업으로 밥벌이를 이어가려면 어쩔 수 없이 '사명감'이라는 방패가 있어야만 한다. '사'자 자격증이 없는 직업, 사직서 한 장으로 하루아침에 실직자가 될 수 있는 월급쟁이 피디가 남의 불행으로 먹고살 방법은 그것뿐이니까.

사회정의를 바로 세우고 국가의 위신을 높이며 세계 평화를 이룩하겠다는 말이 아니다. 그런 건 애당초 내 몫이 아니니까. 그저 내 할 일은, 극도로 불행해진 누군가를 이 세상에서 살아갈 수 있게 도와주는 거라 생각한다. 누군가의 인생을 드라마틱하게 바꾸는 기적 같은 능력은 전혀 없다. 그저 '내 앞에 있는 이 사람만 살리고 보자', '일단 살아갈 수 있게 도와주자'의 다짐만 있다면 이 일을 계속할 수 있다.

초등학교 6학년이던 1998년 초겨울이었다. 학교를 마치고 친구 둘과 함께 우리 집에 가려고 육교를 건너는데 친구 J가 따라오질 않았다. 돌아가 봤더니 중학교 형들에게 붙잡혀 있었다. '초등학생이 건방지게 야구 배트를 들고 다닌다'는 이유였다. 야구 배트가 비싼 브랜드라 건방지다는 건지 배트를 잡은 J의 손 모양이 건방지다는 건지, 대체 어떤 이유인지 지금도 모르겠다. 여하튼 J는 누군지도 모르는 중학생들에게 붙잡혀 혼이 났다. 다행히 금방 풀려난 J는 주먹으로 얼굴을 한 대 맞긴 했지만 괜찮다고 했다. 그 또래 남자애들처럼 금방 그 일을 잊고 우리는 집에서 실컷 놀고 헤어졌다. 다음 날 학교에서 만난 J의 눈은 빨간색이었다. 철없던 나와 친구들은 밤새 운 거 아니냐며 놀려댔다. 그러나 금방 괜찮아질 것 같던 눈의 핏

기는 가시지 않았다. 며칠 뒤 J는 병원을 찾았고 실명이 될지
도 모른다는 의사의 말에 급히 대학병원에 입원했다.

학교로 찾아온 J의 아버지는 범인을 잡게 도와달라고 했다.
하지만 교장과 담임선생님은 그들이 누군지 알고 잡겠냐며
'좋은 게 좋은 거'라며 넘어가자고 달랬다. 직업군인이었던 J의
아버지는 뭐가 좋은 건지 이해하지 못했다. 결국 그는 직접 그
들을 잡겠다며 휴가를 내고 매일 학교 근처를 지키셨다.

J의 아버지가 학교를 찾아온 그날 담임선생님은 나를 호
출했다. 그날 왜 집으로 바로 가지 않고 야구 배트를 들고 학
교 근처를 돌아다녔냐며 혼을 냈다. 집에 가는 길이었다고 항
변했다. 하지만 각자의 집에 가지 않았다는 이유로 계속 혼이
났다. 친구가 아픈 것도 속상한데 아무 대책도 없이 우리만
혼내는 선생님을 이해할 수 없었다. 학교폭력 피해자에게 오
히려 자신의 잘못을 반성하라는 건가.

더 이상 학교에 갈 이유가 없다고 생각한 나는 부모님께 상
황을 설명하고 앞으로 학교에 가지 않겠다고 선언했다. 부모
님도 내 고집을 꺾을 수 없겠다는 생각이셨는지 마음대로 하
라고 하셨다. 그렇게 무단결석으로 생애 첫 투쟁을 시작했다.
그러던 중 학교 근처에서 잠복 중이던 J의 아버지가 중학생

패거리 열한 명을 혼자 때려잡아 학교 건너 파출소로 인계하셨다는 소식이 들려왔다. 그들 중엔 범인도 있었다. 그래도 난 학교로 돌아가지 않았다. J가 시력을 되찾을 수 있을지 여전히 불투명했고 선생님들이 말한 '좋은 게 좋은 거'라는 게 무슨 뜻인지 여전히 이해할 수 없었으니까.

　결석을 이어가던 어느 일요일, 나는 20세기 어린이답게 아침 8시에 하는 일요 만화영화 특선을 보기 위해 일어났다가 소리를 지르고 말았다. 바로 내 침대 옆에 담임선생님이 앉아 계셨다. 꿈이 아닌 현실이었다. 너무 놀라서 거실로 뛰어나와 보니 엄마는 같이 오신 다른 반 S선생님과 함께 대화를 나누고 계셨다. 그 옆에는 하얀색 케이크 상자가 놓여 있었다. 아침 댓바람부터 무슨 일인가 싶어 정신을 못 차리는 내게 선생님은 본인들이 잘못했다고, 미안하다고 사과하셨다. 마음을 풀고 이제 학교로 돌아오라고 하셨다. 세상에, 무단결석 중인 학생의 집에 선생님이 직접 찾아오다니. 심지어 혼을 내긴커녕 모든 걸 이해한다고 말씀하시다니. J의 집에도 곧 찾아갈 거라고 말씀을 하시는데 마음이 안 풀릴 '초등학교 6학년 학생'이 어디 있나. 당장 내일부터 학교에 가겠다고 싱겁게 투쟁 종료를 선언했다. 선생님들이 가시고 난 뒤 커다란 생크림 케이크를 먹으며 생각했다. 어른들이 말하는 '좋은 게 좋은 거'라는 게 이렇게 달콤한 건가 보다'라고.

생애 첫 투쟁을 그렇게 끝내고 당당하게 학교로 돌아가 승리의 기쁨을 다른 동지들과 만끽하려고 했다. 그런데 교문을 들어설 때부터 묘하게 분위기가 스산했다. 수업 종이 울려도 선생님은 교실로 오시지 않았고 복도에는 검은 양복 입은 아저씨들만이 커다란 카메라를 들고 서성였다. 무슨 일이 일어났는지 누구도 말해주지 않았다. 수업은 없었고 친구들과 교실에 앉아 시간만 흘려보내다 집으로 돌아왔다.

학교가 멈춰버린 이유를 그날 밤 티브이 뉴스를 보고 알게 되었다. 티브이에선 검은 양복을 입고 복도를 서성이던 아저씨가 울고 있는 한 아주머니를 인터뷰하고 있었다. 아주머니는 자신의 딸이 누명을 쓰고 억울하게 세상을 떠났다며 눈물을 흘렸다. 그런데 집으로 찾아온 선생님들이 쉬쉬하며 그 사실을 덮자고 했다고. 화가 나 카메라 앞에서 인터뷰를 하게 되었다고 말했다. 울고 있는 아주머니 옆 사진 속 아이. 모자이크로 가렸지만 그 아이가 옆 반 H라는 걸, 단번에 알아볼 수 있었다. 좋은 게 좋은 거. 내 머릿속에서 그 말이 울렸다.

J의 폭행 피해 사건이 발생한 그 무렵, 다른 반 담임선생님

의 휴대폰이 없어지는 사건이 있었다. 1990년대 후반 '벽돌폰'이라 불리던 휴대폰은 고가의 귀중품이었다. 그 값비싼 물건이 사라져버린 것이다. CCTV도 없던 시절이었다. 초대형 절도 사건의 범인을 꼭 잡아야겠다고 마음먹은 선생님들은 6학년 학생들을 대상으로 목격자를 찾겠다며 설문지를 돌렸다. 선생님들은 본 게 있으면 무엇이든 다 쓰라고 했다. 의심 가는 사람의 이름을 적는 거라고 잘못 이해했던 옆 반 친구들은 평소 친구들과 잘 어울리지 못하던 H의 이름을 적었다. H는 즉각 6학년 교사실로 소환되었다. 항상 같이 다니던 다른 반 A도 함께 끌려갔다. 그들은 매일 등교해서 집에 갈 때까지 그 방에 갇혀 있어야 했다.

일주일 뒤 '절도범'으로 낙인찍힌 아이들은 학교를 마치고 집에 있던 약을 한 움큼씩 집어 삼켰다고 한다. 그런데 드라마에서 보던 것과 달리 아무 일도 일어나지 않자 엄마에게 혼날 일이 걱정되어 부랴부랴 가방을 메고 학원으로 향했다고 한다. 그렇게 학원으로 가던 길에 둘은 쓰러졌다. 119 대원들이 급히 응급실로 데리고 갔지만 H는 영원히 집으로 돌아오지 못했다. 나는 다른 친구의 소개로 H를 알게 되었다. 복도에서 만나 웃으며 인사하고 짧은 대화를 나눴던 게 첫 만남이었다. 하필 그날은 J의 폭행 피해 사건으로 인해 담임선생님께 불려갔던 날이었다. 그리고 다음 날부터 내가 무단결석을 하게 되면서, H와 만났던 그날이 처음이자 마지막 만남이 되었다.

교사들은 증거도, 절차도 없이 아이들을 소환해서 감금하고 자백을 강요했다. 반인권적이고 불법적인 이 과정에서 H는 죽음으로 떠밀렸다. '자살'이 아니라 '타살'이었다. 그런데도 교사들은 어머니를 찾아가 '사죄'가 아닌 '은폐'를 시도했다. 억울했던 어머니는 직접 방송사에 전화를 걸었다. 기자들이 학교를 찾아오자 교사들은 다른 리스크를 막기 위해 빠르게 움직여야 했다. 그 분주함 속에 교사들은 일요일 아침 7시 반부터 우리 집 초인종을 눌렀을 것이다. 그래서였을까? 담임선생님과 함께 우리 집을 찾았던 다른 반 담임 S교사. 우리 집 거실에서 엄마와 웃으며 대화하던 그가 바로 이 모든 사건의 발단이 된, 사라진 휴대폰의 주인이었다.

방송 보도가 나간 뒤 교사들은 H반의 수업 시간을 바꿔버렸다. 점심도, 쉬는 시간도 우리와 달랐다. 학교에선 다른 누구도 H반 학생들과 접촉할 수 없도록 모든 시간을 통제했다. 그럼에도 검은 양복을 입은 기자들은 계속 학교를 찾아왔다. 그 뒤엔 다른 색 양복을 입은 교육청 직원들도 매일 복도를 서성였다. 그러자 H반의 담임교사는 자신의 차에서 농약을 들이켰다. 하지만 지나가던 사람에게 발견되어 다시 학교로 돌아올 수 있었다. 이 일 역시 뉴스를 보고 알게 되었다.

양복 입은 사람들을 따라 교장을 비롯한 몇몇 교사들이 학교에서 사라졌다. 뒤숭숭했던 분위기는 사라졌지만 멈춘 수업은 다시 시작되지 않았다. 시간이 흘러 겨울 방학이 찾아왔고 얼마 뒤 졸업식이 열렸다. 다행히 J는 퇴원해서, 원래의 모습으로 졸업식에 참석할 수 있었다. 우리는 운동장에서 꽃다발을 들고 밝게 웃으며 기념사진을 찍었다. 그날 받은 졸업앨범에는 나를 보고 웃었던 H도 있었다. 하지만 양복 입은 사람들에게 불려갔던 교사들은 졸업식에 오지 못했다. 얼마 뒤 학교 교장이 동네 뒷산 나무에 줄을 매달아 세상을 등졌다고 했다. 이 소식도 뉴스를 보고 알았지만 더 이상 그런 일에 놀라지 않았다. 열세 살, '좋은 게 좋은 거'라며 시작된 사건은 그렇게 끝이 났다.

〈그것이 알고 싶다〉를 만들며 만난 사람들은 삶과 죽음의 경계에서 억지로 버티고 서 있었다. 발바닥이 부르트도록 여기저기 찾아다니고, 목이 갈라지도록 도와달라고 외쳐야만 했던 절실한 사람들. 그들의 얼굴에서 나는 J의 핏빛 눈동자를, H 어머니의 억울한 눈물을, 그리고 지금도 생생한 H의 미소를 봤다. 그래서 월급쟁이인 내가 그들의 불행을 먹고 살 수밖에 없는 건지도 모르겠다. 그게 폭력과 죽음이 난무했던 범죄의 시간 속에서 운 좋게 생존한 내가 이번 생에서 가져야 할 사명이라고 생각하니까.

몇 마디 덧붙이자면 그 사건 이후 나는 변했다. 힘없고 뒤처지면 언제든 당할 수 있다는 생각이 들었다. 그전까지는 친구들 앞에서 말도 잘 못하던 나는, 중학교 입학 이후 무엇이든 적극적으로 앞장서는 학생이 되었다. 그게 지금까지 이어지는 나의 생존 방식이다.

폭력의 트라우마가 컸던 어린 J에게는 복수가 절실했다. 그래야 그날의 상처에서 벗어날 수 있을 거라고 생각했다. 복수의 기회는 쉽게 오지 않았고 오랫동안 고통 속에서 살았다. 그러다 5년쯤 지난 어느 날, 고등학생이 된 J는 피시방에서 알바 중인 범인을 보게 된다. J는 범인을 한눈에 알아봤지만 범인은 J를 전혀 알아보지 못했다. 사건 당시, J의 아버지가 범인을 잡아 파출소에 데려갔을 때 그의 어머니가 찾아왔었다. 유명한 룸살롱 마담이었던 그의 어머니는 피해 보상을 한 푼도 할 수 없다며 법대로 하라고 드러누웠다. 범인은 법의 절차를 밟아 처벌받았다. 치료비는커녕 사과 한마디조차 듣지 못했던 J는 매일 그 피시방에 갔다. 우연히 범인의 월급날을 알게 되었고 사장에게 월급을 받아 나오는 범인을 쫓아가 치료비를 받아냈다고 했다.

그렇게 J는 겨우 초등학교 6학년의 시간에서 벗어났다. 하지만 복수란⋯ 늘 그러하듯 씁쓸하고 슬펐다고. 그렇게 허무할 수 없었다고 한다.

서울에서
폼나게

공부를 그리 잘하는 편은 아니었다. 지방 중소도시의 중학교에서 반 등수 7~8등 정도 하는 그저 그런 평범한 학생이었다. 고등학교 올라가서 처음 본 시험의 전교 등수가 66등이었던 걸로 기억난다. 반이 아홉 개 정도 있었으니 반 개수로 등수를 나눠보면 얼추 중학교 때와 비슷했다. 공부를 잘해서 좋은 대학에 가야겠다는 생각을 해본 적도 없었다. 자율학습을 끝내고 집에 오면 냉동실에서 살얼음 맺힌 맥주 한 캔을 꺼내주시며, 꼭 공부를 잘해야 좋은 사람이 되는 건 아니라고 말씀해 주시는 훌륭한 부모님 밑에서 자랐으니 말이다.

그러던 어느 날 학교 마치고 혼자 티브이를 보며 저녁을 먹고 있을 때였다. 티브이에선 리포터가 지역 축제 방문객들의 호구조사를 열심히 하고 있었다.

Q 어디서 오셨어요?

A 속초요.

B 마포에서 왔어요.

C 저희는 춘천이요.

D 잠실에서 운전해서 왔어요.

별 특별할 것 없는 뻔한 내용의 방송. 그런데 미묘하게 이상함을 느꼈다. 아니, 다른 사람들은 모두 자기가 사는 도시 이름을 말하는데 서울 사람들은 왜 동네 이름을 얘기하는 거지? 속초, 춘천처럼 서울이라고 대답해야지 대체 왜 마포, 잠실이라고 답하는 걸까? 그걸 나는 왜 자연스럽게 받아들이는 거지? 마포, 잠실은 가본 적도 없는 동네인데? 항상 자연스러웠던 것들이 갑자기 삐딱하게 보이기 시작했다. 지방은 다 무시하고 서울만 챙겨주는 듯한 방송에 뜬금없이 발끈했다. 왜 방송국 피디들은 저런 걸 아무렇지도 않게 방송에 내보내고 있는 거야!

사실 생각해 보면 별것도 아닌데, 난 그날 밤 한숨도 못 잤다. 대체 뭐 때문에 서울 사람들은 동네 이름을 얘기하는 걸까. 그것도 그렇지만 나는 왜 가본 적도 없고 알지도 못하는 서울 어느 동네의 이름을 들으며 다 아는 것처럼 자연스럽게 받아들였을까. 그러다 해가 뜰 무렵 내린 나의 결론은 바로,

"서울이 세상의 중심이다!"

아무도 이걸 이상하게 생각하지 않는 건 세상이 서울 위주로 돌아가고 있기 때문인 거다. 그렇다면 한 번 사는 인생, 서울에 가서 제대로 살아봐야겠다는 생각이 들었다. 지금 생각하면 단순 무식한 고등학교 1학년 남자아이 수준의 결론이지만 그때 나는 누구보다 진지했다. 잠을 1초도 못 잤지만 세상의 이치를 홀로 깨우친 사람처럼 머리는 맑고 몸은 가벼웠다. 부처님이 보리수나무 아래에서 진리를 깨우치셨을 때, 이런 느낌이었을까?

일단 서울에서 살아보려면 서울로 가야 한다. 지방에 사는 고등학생이 서울에 갈 수 있는 방법은 매우 간단했다. 서울에 있는 대학에 입학하면 된다. 그날부터 죽어라 공부만 했다. 앞뒤 안 따지고 일단 닥치는 대로 무식하게 외우고 또 외웠다.

꽤 오래 걸리긴 했지만 하다 보니 운 좋게 성적이 올랐다. 이왕 가는 거 좋은 대학으로 가야겠다 싶어 점점 욕심을 냈다. 다행히 고등학교 3학년 수능 즈음에 본 모의고사에서 역대급 성적에 도달했다. 어디든 학교를 골라서 갈 수 있겠다고 자만할 때쯤 수능을 봤다. 그런데 세상에나, 최악으로 망한 성적표를 받고 말았다. 결국 대학을 고르긴커녕 단 한 군데도 원서를 내지 못했다. 그렇게 이십 대 내 인생은 '재수'로 시작됐다.

불행 중 다행으로 재수학원을 서울로 가게 되면서 꿈꾸던 서울 생활을 시작했다. 좁은 고시원에서 빡빡하게 살아야 했지만 1년만 고생하면 멋지게 서울 생활을 할 수 있을 거라 꿈꾸었다. 다시 성적 페이스를 올렸고 최선을 다해 수능을 봤는데 맙소사, 또 대학에 떨어지고 말았다.

이십 대 시작부터 내 마음대로 되는 건 아무것도 없다는 걸 온몸으로 느꼈다. 세상의 중심이고 뭐고 모든 걸 포기하고 내려놓았다. 매일 밤 친구들과 술을 퍼마시다 폭설이 내리는 고시원 창밖을 바라보며 숙취에 뒹굴던 어느 아침, 한 통의 문자가 도착했다.

　〔02-700-19XX〕

"이동원 님 이번 정시모집에서 추가 인원으로 합격하셨습니다."

욕심을 비워야만 원하는 걸 가질 수 있다더니 이런 로또 같은 행운이 있을 줄이야. 정말 꿈만 같았던, 믿을 수 없던 문자 한 통으로 인생 역전에 성공했다. 그렇게 나는 얼떨결에 서울대학교에 입학했다.

꿈에 그리던 진짜 서울 생활을 시작하게 되었다. 그토록 고대하던 세상의 중심에 오롯이 설 기회를 얻은 것이다. 기분 좋게 캠퍼스에 입성했다. 하지만 기대했던 스펙터클한 인생은 그곳에 없었다. 대학 생활은 생각보다 따분하고 지루했다. 홀로 낭만과 자유를 찾아 다른 대학교 동아리에 들어가서 학교 수업은 빼먹고 매일 그 대학으로 출퇴근하기도 했다. 방학이 되자 친구들은 하나둘 유럽으로 배낭여행을 떠났다. 말이 배낭여행이지 모두 같은 비행기를 타고 같은 곳에서 사진을 찍어오는 게, 내겐 무의미해 보였다. 그래서 아무도 모르는 나만의 재미를 찾겠다며 혼자 아프리카 세렝게티 초원의 마사이족 마을에 갔다. 그곳에서 한 달 살이를 하고 돌아왔다.

몇 년이 지나자 친구들은 하나둘 국가고시에 합격하거나,

장학금을 받고 미국 아이비리그 대학에 석·박사 과정을 밟으러 떠났다. 하지만 친구들의 행보가 나에겐 전혀 자극이 되지 않았다. 모두가 가고 싶어 하는 대학에 입학했지만 어차피 추가 합격이면 꼴등으로 입학한 셈이니 졸업장만 따도 성공이었다. 애당초 목적은 출세가 아닌 서울 사람으로 신나고 폼 나게 사는 데 있었으니까 말이다.

각자의 진로를 찾아 떠나는 친구들을 뒤로하고, 그동안 모아둔 돈으로 스물다섯 살에 혼자 세계 일주를 계획했다. 때마침 지인의 소개로 운 좋게 유명 출판사와 계약을 하게 되었다. 여행하는 동안 틈틈이 원고를 써서 H신문사 홈페이지에 연재한 뒤, 그걸 책으로 내는 게 출판 계약의 조건이었다.

살면서 한 번도 꿈꿔본 적 없는 타이틀이지만 막상 작가가 된다고 하니 꽤 근사해 보였다. 심지어 여행 작가니까 평타 이상의 글 솜씨만 있으면 평생 먹고살 걱정은 없을 거라는 기대가 생겼다. 밥벌이 해결이라는 큰 동기부여가 생기자 여행을 다니며 전업 작가마냥 매일같이 글을 쓰게 되었다.

내가 세계 일주를 하던 2000년대 중반에는 와이파이 환경이 좋지 않아 파일 전송이 쉽지 않았다. 몇 페이지 안 되는 내 글에 사진 한두 장을 첨부해 보내기 위해 전 세계 피시방을 전전해야 했다. 이집트 스핑크스 앞 작은 모텔에서 랜선을 구걸하기도 하고, 알제리계 노동자들이 모여 사는 마르세유 슬럼가에서 아랍어 키보드로 메일을 보내기도 했다. 대서양을 횡단하는 배에서 비싼 위성 인터넷을 연결하기도 했고, 해발고도 4,000미터 에콰도르 산골짜기에서 인터넷을 찾아 두 시간을 걷기도 했다. 어렵게 보낸 글은 차곡차곡 연재로 쌓여갔고 출간 날짜에 맞춰 한국으로 돌아가 정식 작가로 데뷔하기만 하면 될 일이었다. 그럼 고시에 합격한 친구들 못지않게 내게도 멋진 인생 2막이 펼쳐지리라.

"동원 씨, 반값 등록금이라고 알아요? 그게 사회적 이슈라 요즘 아무도 여행 에세이, 안 읽어요."

산전수전을 다 겪고 꼬질꼬질한 모습으로 귀국한 내게, 담당 편집자는 세상 물정 모른다며 닦달했다. 대학생들이 여행은커녕 등록금 낼 돈이 없어 거리에 나가 싸워야 하는 세상이 되었단다. 여행 관련 책은 한동안 사서 볼 사람들이 없을 거란다. 출판사에서도 시대적 흐름에 맞춰 내 책을 출간 라인업에서 제외하고 아픈 청춘들을 응원하는 '이 시대 멘토'들의 메시지를 모은 책을 낼 거라고 했다.

옛말에 넓은 세상에 나가 큰 배움을 얻으면 남들보다 10년은 앞서간다고 했다. 순진하게 그 말을 문자 그대로 믿었다. 돌아다니다 보면 뭐라도 되겠거니 하는 생각이었다. 혼자 배낭을 메고 남미, 아프리카, 심지어 팔레스타인까지 구석구석 돌아다녔다. 배를 타고 두 달 동안 항해하면서 인도양, 지중해, 대서양, 태평양 등 안 가본 바다가 없었다. 근데 그런 건 아무 의미가 없단다. 지금은 그냥 돈 없는 청춘들을 위로하는 글로 돈벌이를 할 수 있는 책만 출판사에 필요하단다.

이리 밀리고 저리 밀리던 나의 원고는 뒷전이 되었다. 여행 가기 전에 했던 출판 계약은 상호합의(?)라는 좋은 명목으로 파기되었다. 애당초 계약금을 받지 못했으니 돌려줄 돈도 없었다. 출판사와 연결된 H신문사에 1년 동안 30편 넘게 연재한 것도 고료가 책정된 것이 아니었다며 단 한 푼도 받지 못했다. 총 수입 0원으로 끝나버린 작가 생활. 결국 남은 건 새까만 피부와 여기저기 삐쳐 나온 레게머리뿐이었다.

작가가 되려고 여행을 계획한 건 아니었다. 그러나 처음으로 진지하게 도전했던 일이었기에 정말 뼈아프게 힘들었다. 첫 수능이 망했을 때보다 힘들었고 두 번째 수능에서 대학에 떨어졌을 때만큼 우울했다. 하지만 이십 대 중반의 대학생이

할 수 있는 건 아무것도 없었다. 계약을 파기하자는 그들 앞에서, 세상이 그런 걸 어쩌겠냐며 고생하셨다며 편집자를 위로하고 웃는 얼굴로 자리를 떴다. 그 뒤 일주일 동안 집에서 단 한 발짝도 나오지 못했다.

　침대에 누워 생각했다. 어디서부터 잘못된 걸까. 남들과 다르게, 재밌는 걸 찾는 것 자체가 무식한 모험이었나. 지금이라도 다 접고 학교로 돌아가야 하는 걸까. 하지만 미련을 버리지 못했다. 잉크 한 방울 묻히지 못한 채 남아 있는 원고가 눈에 밟혔다. 지구상 모든 대륙의 먼지가 묻은 저 파일만큼은 버릴 수 없었다. 한 번만, 딱 한 번만 더 도전해 보고 싶었다. 여기저기 지인들을 찾아다니며 도움을 청했다. 그러다가 여행 앱을 만드는 스타트업 회사와 미팅을 하게 되었다. 그 회사에선 완전 새로운 형식의 여행 앱을 만들었다고 했다. 수익금을 전액 아프리카 아동을 돕는 NGO에 기부할 예정이라며 그 앱에 글을 써주길 원했다. 원고를 책으로 출간할 수 있는 일은 아니었지만 여행 앱에 작가로 참여할 수 있는 것만으로도 감사한 제안이었다. 나는 매일 그 회사에 출근하다시피 하며 여행 앱 제작에 매달렸다.

　몇 달 후 시리즈물로 하나씩 출시되어 성과를 낼 때쯤 또 다른 출판사의 연락을 받았다. 규모가 큰 W출판사였는데, 내가 원래 가지고 있던 원고로 출판 계약을 하고 싶다고 했다. 도장 찍기 전날, 설레는 마음에 잠도 제대로 이루지 못했다. 이번엔 계약금도 받았다. 글을 쓰며 처음으로 번 소중한 돈. 입금 내역을 보니 대학에 합격했을 때처럼 눈물 나게 기뻤다.

　새로운 출판사의 콘셉트에 맞춰 출간하려면 원고를 수정해야 했다. 모든 시간을 원고 보는 일에만 매달렸다. 먹고 자고 글 생각만 한 것도 모자라 잠을 줄이고 싶었다. 그래서 한겨울에도 일부러 난방이 안 되는 지인의 작업실을 빌려 며칠을 살다시피 했다. 일에 몰두하는 내 모습에 응원보단 걱정하는 사람들이 늘어갔다. 혹시라도 또 일이 잘못되어 좌절할 것을 걱정했다. 친구들은 천천히 준비하라고 조언했다. 하루아침에 끝날 일이 아니니 주말에는 좀 쉬라고, 아님 소개팅이라도 나가보라고 권하기도 했다. 당연히 소개팅엔 전혀 관심이 없었다. 하지만 내 마음과 나르게 일의 진도가 나가지 않았다. 점점 번아웃되는 걸 느끼며 기분 전환을 위해 뭐라도 해야겠다는 생각이 들었다. 그러다 우연히 소개팅에 나가게 되었다. 별 생각 없이 나간 자리에서 마음이 잘 통하는 친구를 만나 덜컥 연애를 시작하게 되었다.

연애는 새로운 활력이 되었다. 덕분에 원고 수정은 순조롭게 마무리되었다. 내 책이 서점 진열대에 올라올 날만 기다리며 복학했다. 오랜만에 돌아온 학교에서 학점을 열심히 쌓아보기로 마음먹었다. 여러 경험을 하며, 전업 작가가 아닌 또 다른 수입 창출이 가능한 사람이 되어야겠다는 생각이 들었기 때문이다.

하지만 막연한 기대뿐이었다. 어떤 직업을 가질지 깊게 생각할 시간이 없었다. 학교로 돌아오니 이제 겨우 3학년 1학기였고, 밀려 있는 학점을 쌓기에도 너무나 벅찬 시간이었다. 모든 게 평화롭던 그 무렵, 새로운 자극은 뜻밖의 곳에서 찾아왔다.

연애 한 번
해보려고

당시 여자 친구는 진작 국가고시를 합격하고 본인의 진로를
정해둔 상태였다. 그래서인지 여자 친구의 지인들은 세계 여
행을 다니다 온 스물일곱 살, 아직도 3학년인 대학생과의 미
래를 걱정했다. 내 주변에서도 서로의 상황 때문에 우리가 곧
헤어질 거라고 예견했다.

여자 친구는 그런 말을 들을 때마다 아무렇지 않은 듯 웃
으며 넘겼지만 그때마다 자존심이 상했다. 이기고 지는 싸움
은 아니지만 있어 보일 만한 무언가가 필요했다. 책 출간으로
는 부족했다. 경제력을 가진 사람이라는 인증이 당장 필요했

다. 예를 들면 고시에 합격하거나 남들이 가고 싶어 하는 대기
업에 취업하는 그런 것 말이다. 하지만 현실적으로 불가능한
일이었다. 토익 성적이나 공모전 입상 같은 스펙이 전무한 건
둘째 치고, 졸업예정자가 되어야 하는 최소 기준부터 미달이었
다. 여권엔 수십 개의 도장이 찍혀 있고 나이도 이십 대 후반이
지만 정작 취업 시장에선 응시 자격조차 갖추지 못한 미생의
존재.

"SBS라도 써볼래? 거긴 졸업장 없어도 쓸 수 있긴 해."
방송국 피디 시험을 준비하던 T형의 조언. 뭔 소리인가 싶
어 물어보니 SBS는 대학 졸업장이나 토익 점수, 한국어능력
시험 점수가 없어도 지원할 수 있다고 했다. 그때만 해도 생소
하던 블라인드 테스트를 하고 있었던 거다. 하지만 아무런 준
비도 없이 갑자기 방송국 시험을 어떻게 본단 말인가?
"방송국은 경쟁률이 높아서 2단계 필기시험에 통과될 실력
이면 다른 기업에도 충분히 취직할 수 있다고 봐야 해."
그래, 2단계만 통과하면 되는구나. 딱 거기까지만 가면 실
력은 있지만 아직 때를 맞이하지 못한 잠재력이 엄청난 우량
주 행세를 할 수 있겠어! 최소 2년은 버틸 수 있겠군. 딱 거기

까지만 생각하고 SBS 채용 홈페이지를 꼼꼼히 살펴보았다. 지원할 수 있는 직종은 여러 개였다. 그중에서 기자? 기자는 정장 입고 다녀야 하는데, 단추 달린 옷은 불편해서 안 돼. 드라마 피디? 연예인 이름도 못 외우는 나는 못 할 거 같은데… 편성 피디? 이건 기본적으로 방송 관련 생태계를 알아야 되는 거 아닌가?

　이것저것 다 제외시키다 마지막에 보게 된 '다큐 시사 피디'. 흔히 시사 교양 피디라고 부르는 직종이었다. 다큐라는 단어가 그나마 만만해 보였다. 따지고 보면 세계 일주하면서 글을 쓴 것도 다큐랑 연결된다고 우길 수 있지 않을까 생각하면서. 앉은 김에 지원서를 쓰기로 바로 마음먹었다. 지원서에는 다섯 개의 문항이 있었고 각각 1,000자 이내로 답변을 작성해야 했다. 간략히 요약하면 이렇다.

1　입사 지원 동기

2　가장 도전적이고, 어렵다고 느꼈던 경험

3　기존에 해오던 방식과 다른 아이디어를 직접 시도해 본 경험

4　다른 사람과 함께 공동 목표 달성을 위해 노력했던 경험

5　자신의 소신, 원칙을 지키기 어려워 갈등을 겪었던 경험

'지원 동기'라는 전형적인 질문을 빼고 나머지는 경험, 경험, 그리고 경험이었다. 까놓고 말해서 지금까지 어디서 뭘 하며 어떻게 살다 여기까지 오게 되었는지 전부 털어놓으면 뽑을지 말지 고민해 볼 거라는 말이었다. 나의 답은 어쩌다 보니 아프리카에 갔다가 세계 일주를 떠났고, 얼떨결에 출판사랑 계약해서 글을 쓰다 버림당했고, 이후 좌절하고 방황하며 스타트업에서 여행 앱 만들기도 하다가, 지금의 출판사를 만나 결국 책을 내게 되었다는 것이 전부였다. 더할 것도 뺄 것도 없이 지난 몇 년의 경험을 담담히 털어놓다 보니 총 5,000자의 지원서가 금방 채워졌다. 그걸로 운 좋게 1차 서류 심사를 통과할 수 있었다.

지원서 작성 이후부터 벼락치기마냥 선배들의 스터디를 따라다녔다. 덕분에 2차 필기시험도 통과할 수 있었다. 2차까지 통과했으니 목표는 다 이룬 셈이었다. 하지만 이상하게 조금 더 갈 수 있을 거 같은 느낌이 들었다. 기회가 생긴 김에 남은 시간 동안 악착같이 준비해 보기로 했다. 3차 시험이었던 50분짜리 면접까지 가까스로 넘기게 되었다. 4차 시험인 1박 2일간의 합숙 면접, 5차 최종 임원 면접까지 통과하며 마침내 SBS로부터 합격 통보를 받았다.

  그렇다. 어쩌다가 방송국으로 출근하는 피디가 되어버렸다.

  여자 친구에게 있어 보이려고 시작한 일이 취직으로 이어질 줄은 꿈에도 몰랐다. 가족들도, 여자 친구도 모두 좋아했지만 사실 난 얼떨떨했다. 첫 출근 날, 버스를 타고 회사에 가며 처음으로 내가 피디란 직업을 좋아할 수 있을지 진지하게 고민해 보았다. 집에 티브이도 없고 연예인도 잘 모르는 사람이 방송국을 다녀도 되는 건가. 지금 당장 급한 건 출근보다 제출 기한을 넘긴 기말 리포트인데. 학점에 목줄이 잡힌 3학년인데. 아… 남은 학점…. 하아….

  인사팀에선 나를 '고졸 피디'라 불렀다. 선배들은 어차피 학교 보고 뽑은 건 아니니 꼭 졸업할 필요는 없다고 일만 열심히 잘하라며 농담을 건네곤 했다. 월급은 제때 나갈 테니 걱정 말라면서. 아니, 어떻게 들어간 대학인데 중도에 포기하라는 말인가!

  그렇지만 여행 작가가 되겠다며 산전수전 다 겪었던 내겐 따박따박 들어오는 월급이 너무나 따뜻했다. 그래, 일단 시키는 대로 해보고 정 안 맞으면 그만두고 다른 길을 찾으면 되니까. 방송국 시험 통과할 정도면 다른 기업에도 충분히 취직할 실력이 된다고 형들이 그랬으니까. 무엇보다 난 무척 젊고,

또 대학교 3학년이니까.

　…라고 생각했는데 벌써 10년이 지났고 여전히 같은 회사, 같은 부서에서 일하는 중이다. 자신 있던 젊음도 소멸해 가고 자산보다는 대출이 늘었다. 고금리 세상 속에서 회사를 그만 둘 용기는 이미 사라진 지 오래다. 돌이켜 생각해 보면 이 모든 일이 서울 가서 즐겁게 살아보자로 시작된 것 같은데 어쩌다 군이 서울방송, 'SBS*'에 종속된 신세가 된 건지. 애초에 이렇게 될 팔자였던 건가.

　입사 초기, 새벽 4시에 아침 방송 조연출로 출근했다가 방송 끝나면 학교 가서 오전 수업을 듣고 점심시간에 다시 회사로 복귀하는, 피디와 학생 생활을 병행했다. 편집하다 새벽에 퇴근하면 집에 가서 정신없이 리포트를 썼다. 아무도 모르게 택시 타고 학교로 날아가서 시험만 후다닥 보고 다시 사무실에 돌아온 적도 있었다. '고졸 피디'라고 놀림을 많이 받았지만 재수에 추가 합격까지 해서 어렵게 들어간 대학교, 졸업장은 따야 되지 않겠냐고 다들 걱정해 주셨다.

●　Seoul Broadcasting System, 서울방송

　많은 선배들의 배려 덕분에 월급쟁이 3년 차에 무사히 졸업할 수 있었다. 서른쯤 학업을 마칠 수 있었던 건 전부 선배들 덕분이다. 심지어 근무시간에 졸업식에 갈 수 있게 스케줄 빼서 보내주신 선배들께 이 자리를 빌려 진심으로 감사드린다.

피디란 어쨌든, 무엇이든, 결국 해내야만 하는 사람_____

종종 사람들은 내게 피디는 어떤 식으로 일을 하는지 묻곤 한다. 어떤 콘텐츠이건 기발한 아이디어나 톡톡 튀는 기획이 있기 마련인데 그런 걸 떠올리는 비결이 대체 뭐냐고. 그리고 어떤 방식으로 일을 하기에 그 아이디어가 콘텐츠로 만들어질 수 있는지 묻는다.

글로벌한 K-콘텐츠가 범람하고, 수십억 원의 연봉을 받는다는 (정말 정말 부럽지만 넘사벽인) 스타 피디님들이 활약하는 세상이다. 그러다 보니 '피디'라는 직업에 대한 사람들의 궁금증이 커지는 것 같다. 그래서 피디는 무슨 일을 하는 사

람이냐고? 적어도 내게 피디라는 직업은 쉼 없이 떠오르는 수
많은 영감 속에서 꿈꾸듯 일하는 사람은 아닌 것 같다. 오히
려 그 반대다. 마치 주어진 납품 기일을 맞추기 위해 어떻게든
공장 라인을 돌려대는, 산업화 시대 어느 제조업체 공장장 같
다. 적어도 내가 지금 하고 있는 이 직업은 그런 일이다.

　'언론고시'라 불리는 방송국 공채 시험을 얼떨결에 통과한
후 처음 '피디'라는 이름으로 회사에 출근했을 때다. 내게 배
정된 첫 번째 부서는 방송 프로그램이 아닌 제작비 정산을
담당하는 행정팀이었다. 그곳에서 처음 배운 일은 영수증을
예쁘게 잘 붙이는 법이었다. 누군가 법인카드로 쓴 영수증을
일렬로, 빡빡하면서도 간결하게 잘 붙이는 방법을 왜 배워야
하는지 궁금했다. 하지만 갓 출근한 신입사원에게 그런 걸 물
어볼 용기는 없었다. 그냥 시키는 대로 붙이고 또 붙이고 열심
히 붙였다. '영수증 붙이기'를 마스터하자 주어진 다음 업무는
세금계산서 및 인건비 처리를 위한 증빙서류 모으기였다. 각
항목에 따라 세금은 얼마씩 제하고 입금해 줘야 하는지, 처리
를 위해선 어떤 정보가 필요한지 열심히 배웠다. 그것 역시 왜
배우는지 그땐 이해하지 못했다. 다만 이건 '영수증 붙이기'에
비해 고급 기술처럼 보였다. 혹시 회사에서 잘리면 다른 곳에

서도 유용하게 써먹을 수 있겠다 싶어서 열심히 익혔다. 다행히 선배들이 워낙 유쾌한 분들이어서 별생각 없이 즐겁게 배웠다.

일주일 정도 지나 드디어 방송 프로그램 팀에 실전 배치되었다. 수백 대 1의 경쟁률을 뚫고 입사한 내게 주어진 첫 업무는 프로그램 제작비 정산이었다. 그렇다. 나는 일주일간 갈고 닦은 솜씨로 본격적으로 '영수증 붙이기'와 증빙서류 모으기에 대한 책임을 지게 되었다. 남들이 보면 별거 아닌 업무라고 생각할 수도 있지만 부담이 엄청났다. 이십 대 중반에 첫 사회생활을 시작한 내게 영수증에 적힌 모든 숫자는 매우 큰돈으로 보였으니 말이다. 물론 내가 쓴 돈은 한 푼도 없지만 그저 숫자가 오가는 것만으로도 큰 스트레스였다. 게다가 단돈 10원이라도 틀리면 어설프고 덜렁대는 나의 성격이 들통날까 봐 걱정되었다. 혹시나 돈 몇 푼 때문에 사회생활이 초반부터 꼬이면 정말 큰일이니까.

정산 외에도 다른 업무가 있었지만 촬영장에 갈 일은 거의 없었다. 이제와 생각해 보면 '촬영'과 '편집'이라는 방송국 피디의 기본 능력치가 전혀 탑재되지 않은 내게, 선배들이 시킬 수 있는 건 결국 '영수증 붙이기' 말고는 없었을 거다. 나 역시도 어쩌다 취직해 버려서 커리어에 대한 욕심보단 책상에 놓인 수많은 영수증에만 몰두했던 것 같다. 그저 따박따박 나오는 월급이라는 게 마냥 신기하고 따뜻했으니까.

취직한 지 6개월이 되었을 무렵 다른 프로그램 팀으로 자리를 옮기게 되었다. 꽤 규모가 있는 프로그램이었다. 촬영 한 번에 6박 7일, 길게는 9박 10일까지 출장을 가야 했고 출장 가는 인원만 50명이 넘었다. 가자마자 덜컥 돈 걱정에 겁이 났다. 제작진 중 서너 명의 회사 선배를 제외한 나머지 분들은 모두 제작사 소속이거나 프리랜서로 일하는 분들이셨다. 직종도 피디, 작가, 카메라 감독, 조명 감독, 지미집 감독, 헬리캠 감독, 차량 담당 운전기사 등 매우 다양했다. 모두 업무가 다른 만큼 페이 역시 다 달랐고 페이를 처리하는 방식 또한 제각각이었다. 게다가 50명이 한꺼번에 먹고 자고를 한다니. 점심시간에 김치찌개 한 그릇씩만 먹어도 50만 원은 족히 들 텐데. 이 팀에서는 얼마나 많은 영수증이 나오게 될까? 촬영이나 제작은 뒤로 하고 이 질문만이 한동안 내 머릿속을 지배했다.

아무리 막내 조연출이라지만 나 역시 현장에서는 '피디'라고 불렸다. 하지만 뭐든 아는 만큼 보인다는 말처럼 방송국 6개월 다니면서 '영수증' 업무에만 충실했던 나는 첫 촬영의 모든 것이 영수증으로만 보였다. 촬영 도중 피디 선배가 편의점에서 청테이프를 사오라고 하면 '소모품비', 더운 날씨에 카메라 감독님들 커피 한 잔씩 사드리면 '진행비', 출연자 인터뷰 장소를 잡으면 '장소사용료', 차량을 공영 주차장에 세우기라도 하면 '지급수수료' 같은 단어만 머리에 떠올랐다. 긴 출장 내내 촬영이 어떻게 진행되고 선배들이 추후 편집을 어떻게 할지에 대한 궁금증과 고민은 전혀 없었다. 오로지 어떻게 영수증을 순서대로, 예쁘게, 잘 붙일지에 대한 걱정뿐이었다.

   그러다 사고를 치고 말았다. 하루는 메인 피디 선배가 현장에 쌓인 20킬로그램 상당의 쌀 포대를 보다가 "이거 차로 좀 옮겨야겠네"라고 하셨다. 순간 쌀 포대를 옮겨두라고 시키는 거라 생각했다. 게다가 그 쌀 포대는 내겐 일반 쌀 포대가 아니었다. 지방 출장 오기 전날 선배 심부름으로 쌀 포대를 구하러 어느 시장에 갔었다. 쌀 포대는 금방 찾았는데 막걸리 한 잔 걸쳐 거나하게 취하신 쌀집 사장님이 카드 결제가 안 된다고 박박 우겼다. 20분 넘게 실랑이를 하다 결국 내 현금을 탈탈 털어 주고 겨우 부탁해서 '소모품비' 증빙용으로 '간이영수증'을 챙겼다. 그렇게 사온 나름 사연 있는 쌀 포대였다. 게다가 입사 후 첫 촬영이니 잘 보여야겠다는 생각에 바짝 긴

장하고 있었다. 그래서 나는 누구보다 재빠르게 20킬로그램
쌀 포대 열 자루를 신속하고 깔끔하게 옮겼다.

5분이 채 지나지 않아 촬영장 전체에 불호령이 떨어졌다.
누가 소품을 함부로 옮겼냐는 것이었다. 메인 피디 선배는 크
게 화를 내셨다. 알고 보니 그 쌀 포대는 출연자가 직접 옮겨
야 하는 것이었다. 당시 프로그램은 출연자에게 어떠한 간섭
도 하지 않고 리얼한 상황을 그대로 담는 것으로 화제가 되
고 있었다. 그건 제작진뿐만 아니라 시청자들도 모두 아는 사
실이었다. 하지만 '방송'보다 '영수증'에만 집착하던 나는 그런
기본도 모르고 있었다. 선배에게 혼나는 게 너무 무서워서 얼
른 다시 옮겨두겠다며 뛰어가자 뒤통수에 또 불호령이 날아
와 꽂혔다. 리얼한 상황을 담아야 하는 프로그램의 콘셉트상
조작은 할 수 없다고 하셨다.

피디, 작가, 카메라 감독님들까지 모두 모여서 빠르게 회의
를 시작하셨다. 이미 벌어진 상황을 수습하려면 추후 편집까
지 고려해서 촬영을 이어가야 했기 때문이다. 그때 처음으로
깨달았다. 내가 열심히 모아서 붙이는 '영수증'에 적힌 그 모
든 것들이 단순 비용 지출이 아니라 방송 프로그램 한 편을
만들기 위해 모은 소중한 퍼즐 조각들이라는 것을. 그리고 그

것을 하나하나 준비하고 옮기는 모든 과정이 매우 중요한 '연출'이고, 카메라 감독이 촬영해야 할 '피사체'이며, 추후 편집실에서 정리하고 구성해서 시청자들에게 전달하게 될 방송 프로그램 그 자체라는 것을 말이다. 그리고 나의 소중한 월급은 방송의 모든 것을 다 이해하고 챙겨야 하는 '피디'의 업무를 수행하는 조건으로 주어지는 것이었다.

이후 촬영 현장이 다르게 보였다. 피디, 작가, 여러 감독님 등 모든 제작진들의 행동이 눈에 들어오기 시작했다. 다들 하나의 프로그램을 완성하기 위해 매 순간 아이디어를 내고 머리를 맞대며 고민하고 있었다. 전날까지만 해도 귀에 전혀 들어오지 않았던 목소리들이었다. 메인 피디인 선배가 모든 아이디어를 모아서 정리하고, 결정하고, 촬영을 이끌어가고 있었다. 모든 것을 책임지고 '연출'하는 선배의 모습은 정말 멋있었다. 처음으로 피디라는 '일'을 잘하고 싶다는 생각이 든 순간이었다.

방송 프로그램 하나를 만들기 위해선 뛰어나고 번뜩이는 아이디어가 당연히 필요하다. 세상이 원하는 기발한 기획을 해야만 한다. 그렇게 하나의 콘텐츠를 만들어서 세상에 선보이는 것이다. 그런 관점에서 볼 때 방송 프로그램은 회사에서 출시하는 '신제품'이다. 그걸 책임지고 만드는 것이 피디의 임무이며, 일개 사원인 내가 이 회사에서 월급을 받는 이유다. 근데 여기에 한 가지 대전제가 있다. 어떤 프로그램이든 피디 혼자서 할 수 있는 건 아무것도 없다는 것이다.

최근에 연출했던 〈관계자 외 출입금지〉라는 프로그램이 있다. 아무것도 없는 맨바닥에서 아이디어를 쥐어짜서 만든 새로운 프로그램이었다. 당연히 혼자 아이디어를 내지 않았다. 더 솔직히 고백하자면 나는 프로그램 아이디어에 대한 지분이 거의 없다. 매일 열두 시간씩 회의실에 갇혀 머리를 쥐어짜던 후배 피디 두 명과 작가 한 명의 머릿속에서 나온 아이디어로 어렵게 기획된 프로그램이었다. 다만 그들 중 내가 가장 연차가 높다는 이유만으로 내 이름이 맨 앞에 쓰였을 뿐이다.

일개 사원인 나는 당시 회사의 관리자들에게 프로그램 기획안을 결재받고, 본격적으로 제작을 준비했다. 그럼 바로 촬영을 시작해서 편집하고 방송되는 것 아니겠냐 싶겠지만 사실 그때부터 닥쳐올 '피디'의 업무는 우리가 아는 것과는 완전히 다르다.

첫 번째로 주어진 피디의 업무는 '총무팀' 역할이었다. 회

사 내 빈 공간 중에서 프로그램 사무실로 쓸 만한 곳을 확보
해야 했다. 우리가 얻은 공간은 컨테이너 박스와 흡사한 회의
실이었다. 여름엔 에어컨을 아무리 틀어도 28도 이하로 내려
가지 않고 겨울엔 영하 3도가 디폴트 값이라서 아무도 쓰지
않는 공간이었다. 하지만 당장 프로그램을 만들어야 하는 우
리에겐 소중한 사무실이 되었다. 거기에 후배 피디들과 함께
사무실에 필요한 집기를 준비했다. 책상, 의자, 화이트보드, 전
화기, 복사기 등을 별도로 구비해야 했다. 물론 전부 직접 구
매하는 것은 아니지만 방송국 내 각 부서에 별도로 요청해서
확보해야 했다.

　자연스럽게 이어지는 두 번째 일은 바로 '재무팀' 역할이다.
프로그램을 만들려면 돈이 있어야 한다. 한 편을 만드는 데
필요한 예산을 각 항목별로 잘 계산한 후 회사에 요청해서
받아내야 한다. 입사 첫날부터 갈고 닦은 '영수증 붙이기' 기
술을 배운 보람을 여기서 느꼈다. 100원짜리 영수증 하나부
터 수백 수천만 원의 제작 비용을 수년 간 정산하다 보면 프
로그램에 필요한 예산안을 금방 짤 수 있는 능력이 생긴다. 유
명한 도사님 아래에서 3년간 설거지와 빗자루질만 열심히 하
다 보니 자신도 모르게 무공이 생겼다는 흔한 무협 소설 스

토리와 비슷한 맥락이다. 거기에 그동안 쌓아둔 사회생활 내공으로 원하는 예산을 척척 따내는 것 또한 피디의 능력이다. 흡사 스타트업을 시작하며 투자회사에 IR* 하러 다니는 것과 비슷하다.

동시에 '인사팀' 업무도 시작된다. 앞서 언급한 것처럼 방송 제작엔 많은 프리랜서 전문가들이 참여한다. 함께 일할 전문가를 모셔 오는 건 매우 중요한 일이다. 일단 '기획안'이라 불리는 종이에 적힌 글자를 눈에 보이는 영상으로 구현하려면 촬영, 편집 능력이 뛰어난 피디가 많아야 한다. 나보다 센스 있고 트렌디하면서 똑똑한 피디가 절실하게 필요하다. 게다가 '기발하고 톡톡 튀는 아이디어'로 무장된 훌륭한 작가들도 꼭 있어야 한다. 내가 피디로서 그들에게 제시할 수 있는 건 만족할 만한 페이와 근무 조건 그리고 비전이다. 한 분, 한 분 열심히 모셔 와야 한다. 때론 다른 프로그램에서 일하는 분들을 스카우트했다. 그렇게 '드림팀'을 꾸려야만 프로그램이 경쟁에서 살아남을 수 있다. 우리 프로그램의 경우 파일럿 방송 단계에서 피디, 작가 총 열 명이 함께 일했다. 파일럿 성공 뒤 정

● 기업이 주식 및 투자자들을 대상으로 실시하는 홍보 활동

규 시즌 단계에서는 총 스물일곱 명의 피디, 작가를 귀하게 모셔 왔다. 센스와 아이디어가 부족한 내겐 정말 보물 같이 소중한 귀인들이었다.

여기에 우리 기획에 맞는 촬영이 가능한 카메라 감독님들도 모셔 와야 한다. 지미집이나 헬리캠 같은 특수 카메라, 요즘은 기본이 된 관찰 카메라 팀도 마찬가지다. 오디오 감독, 조명 감독님 역시 각각 페이 협상을 거쳐 팀을 꾸려야 했다.

아! 프로그램 진행을 맡을 연예인 출연자도 필요하다. 기획안을 들고 각 소속사 대표를 만나 미팅을 하고 출연료 협상을 거쳐 섭외한다. 마지막으로 방송 후반 작업에 힘을 보태줄 CG 감독님, 음악 감독님, 자막 감독님 등도 소중한 분들이다. 아무리 촬영과 편집을 잘해도 이런 능력자들이 없다면 프로그램의 힘이 떨어진다. '기발하고 훌륭하며 톡톡 튀는 아이디어'가 담긴 기획안을 만들었다고 해도 작가 그리고 여러 감독님, 연예인을 비롯한 출연자가 없다면 기획안은 그저 쓸모없는 이면지에 불과하다. 그래서 이분들을 모셔 와야 한다는 간절함이 피디에겐 항상 숙제다.

훌륭한 팀원들이 모여 본격적으로 제작을 시작하면 '노사 협력팀'에 준하는 예상치 못했던 업무가 추가된다. 아무래도 여러 직종의 사람들이 모여서 일하게 되니 그 숫자만큼 많은 갈등과 사건 사고가 발생한다. 그럴 때마다 "피디님, 혹시 잠시 시간되실까요? 드리고 싶은 말씀이 있어서요"라는 메시지가 도착한다. 일주일에 평균 한두 번 정도? 그럴 때마다 심장이 마구 쿵쾅거린다. 태연한 척하지만 버선발로 달려가 그들을 만난다. 대부분 별일 아니지만 간혹 드라마에서나 보던 일을 눈앞에서 마주하기도 한다. 그럴 땐 정말 아찔하다. 등에선 식은땀이 줄줄 흐른다. 하지만 어떻게든 해결해내야만 한다. 그것 또한 뭐든 책임져야만 하는 피디의 몫이다.

'대외협력'과 '홍보'도 피디의 일이다. 촬영을 위해선 항상 여러 기관의 협조가 필요하다. 그것이 공공기관이거나 정치인일 때도 있고 사기업인 경우도 있다. 그러면 협조를 받기 위해 관계자를 설득해야 한다. 때론 직접 찾아가 설명할 때도 있다. 우리 프로그램의 경우 연차가 가장 높다는 이유로 '메인 피디'라 불렸던 내가 대관 업무 담당자가 되었다. 작가들의 기발한 아이디어와 피디들의 열정 넘치는 에너지를 영상으로 구현하기 위해서 어떻게든 관계자의 협조를 받아내야만 한다. 나 역시 회사에서 월급 받고 사는 주제에 별걸 다 해야 하는구나 싶지만, 하여튼 수단과 방법을 가리면서도 온 힘을 다해서 뭐든 해내야 했다.

　프로그램 홍보를 위한 보도 자료를 컨펌하는 일 또한 피디의 몫이다. 홍보 담당 전문가와 기자간담회나 제작발표회도 준비해야 한다. 요즘 필수라는 '선공개 영상'이나 '예고편' 공개 일정을 정하는 것도, 보도 자료를 쓰는 것도 모두 함께 머리를 맞대고 정해야 하는 부분이다.

　숨 막히는 이 모든 일을 다 해내고 그 외의 시간에 아이템 선정, 촬영, 편집 같은 피디의 기본 업무에도 매진해야 한다. 피디의 일 중 가장 중요한 건 재미와 감동이 넘치는 방송 프로그램을 제작하는 일이니까 말이다. 그래서 항상 회의도 많고 걱정도 많다. 때론 집에 갈 시간도, 끼니를 때울 시간도 없다.

　총무, 재무, 인사, 노무, 대외협력, 홍보 그리고 가장 중요한 제작까지 나열하고 보니 웬만한 중견기업 조직도가 통째로 들어간 것 같은 생각이 든다. 이럴 땐 문득 현타가 온다. 나는 방송국 오너도 아니고 사장도 아니다. 피디라고 불리지만 일개 월급쟁이 사원일 뿐이다. 그런데 왜 이리도 많은 책임을 지고 매일 피가 마르는 결정을 내려야 하는가. 직업 선택에 대한 자책과 후회에 자주 젖어 들곤 한다. 근데 이럴 때면 꼭 떠오르는 것이 있다. 바로 함께 밤을 새는 동료들의 얼굴이다.

　세상이 좋아져서 모든 장비가 최첨단으로 발전했지만 결국 촬영은 누군가가 만든 대본이 있어야만 가능하다. 그 뒤에는 사람을 직접 찾아가서 인터뷰하고 전화로 설득하고 밤새 손가락 아프도록 키보드를 두들기는 작가들이 있다. 촬영 장비가 아무리 좋아져도 하루 종일 땀 흘리며 그걸 메고 다니는 감독들이 있어야 영상을 찍는 게 가능하다. 그리고 한 평짜리 편집실에서 피디들이 모니터 세 개를 밤새 뚫어져라 쳐다보며 바느질하듯 한 컷 한 컷 정성스럽게 이어 붙여야 뭐라도 만들어진다. 거기에 자막, 음악, CG까지. 모든 걸 최첨단 장비로 만드는 방송 같지만 실상을 자세히 들여다보면 결국 21세기판 수공업이자 제조업에 지나지 않는다.

　멋있어 보이는 콘텐츠 시장의 뒷면에는 떡진 머리를 숨기려 모자를 눌러 쓰고, 운동화 신고 밤낮으로 뛰어다니는 수많은 블루칼라 노동자들이 있다. 전문 직종으로 분류돼 있어 그럴싸해 보일 뿐, 결국 모두 땀 흘리며 밥벌이하는 사람들. 이들이 바로 나의 소중한 동료이자 친구들이다.

　프로그램을 기획하고 만드는 내가 가장 열심히 해야 할 업무는 바로 함께 일하는 이들을 열심히 받쳐주는 것이다. 그래서 나는 그들과 프로그램을 만들기 위해 총무, 재무, 인사, 노

무, 홍보, 대외협력 등 모든 업무를 어쨌든, 어떻게든, 결국 해
내야만 하는 피디여야 한다. 오너도 아니고 사장도 아니고 회
사 지분 1도 없는 일개 사원에 불과하지만 열심히, 묵묵히 꾸
역꾸역 이 일을 해낼 뿐이다. 어쨌거나 나 또한 월급 받아 대
출이자 갚으며 먹고살아야 하는 블루칼라 노동자에 불과하
니 말이다.

　물론 회사를 그만두기 전, 아직까지는 말이다.

아프리카에 파견된
공익 근무 요원＿＿＿＿＿＿＿＿＿

난 백도 돈도 없는 경상도 촌놈이다. 어쩌다 서울에 상경해서 살고 있긴 하나 딱히 특별할 게 없는 인생이다. 어릴 적 '서울방송'이라 부르던 SBS에 취직하여 10년 넘게 밥벌이를 하고 있다는 것만으로도, 출세했다 생각하며 정신 승리로 삶을 이어가는 중이다.

하지만 이 일을 하며 꼭 이루고 싶은 소망이 하나 있다. 바로 그건 수백억 원의 연봉도, 김태호나 나영석 같은 스타 피디의 명성도 아닌 바로 매일 오후 6시에 칼퇴근하는 삶이다. 입사한 첫날부터 지금까지, '매일 같은 시간에 칼퇴근할 수 있다면 얼마나 좋을까'라는 생각을 단 하루도 안 한 적이 없다.

이놈의 피디라는 직업은 틈만 나면 집에도 못 가고 밤을 샌다. 뜻대로 되는 게 하나도 없다. 오늘 좀 일찍 끝날 것 같아서 저녁 약속을 잡으면 꼭 출연자 사정으로 촬영이 밀려 밥도 못 먹고 대기하는 경우가 생긴다. 심지어 조연출 시절에는 주말에 쉴 수 있을지 여부를 당일에 아는 경우도 많아서, 여자 친구와의 데이트도 매번 번개로 잡을 수밖에 없었다. 보고 싶은 영화가 개봉하면 심야 영화 티켓을 시간대별로 모두 사놓고 퇴근이 늦어지면 하나씩 취소하다 결국 집에서 옛날 영화나 본 경우도 허다하다.

회사에 다닌 지 어언 10년이 넘어 이젠 일정을 조율할 수 있는 자리에 있지만, 그럼에도 사그라지지 않는 칼퇴근에 대한 강한 열망이 있다. 이 직업을 선택하기 오래전, '칼퇴근'의 소중함을 깨닫게 될 것이라 알려주신 분이 있었다. 새벽 퇴근길 택시를 탈 때마다 생각나는 그 사람. 그는 내 인생 첫 방송 촬영 경험을 준, 당시 MBC 〈일밤〉의 연출자, S피디다.

때는 바야흐로 2009년, 내가 방송국 월급쟁이가 될 줄 꿈에도 몰랐던 스물네 살 시절의 이야기다. 그때 난 공익 근무

요원으로 어느 복지기관에서 일하고 있었다. 주말에는 시골에 있는 어느 고등학교에서 '멘토링'이라는 핑계로 아이들과 놀아주곤 했다. 참고로 그 학교는 전국 각지에서 온 형편이 어려운 아이들이 함께 공부하는 곳이었다. 대안학교가 아닌 일반 고등학교임에도 무료로 숙식을 제공하며 공부할 기회를 제공하는 학교였다. 그때 잠비아에서 온 켄트라는 친구를 만났다.

우연히 맺어진 인연으로 학교에 추천된 켄트는 혼자 비행기를 세 번이나 갈아타고 아프리카 잠비아에서 한국까지 왔다. 첫날부터 똘망똘망한 눈빛으로 뭐든 착착 이해하는 똑똑한 아이였다. 훗날 아프리카에 돌아가 자신의 재능으로 사회에 기여하겠다는 꿈을 가졌던 켄트는 낯선 한국 고등학교에서 정말 열심히 공부했다. 한국말도 빠르게 익혔고 다른 아이들과도 잘 지내며 금방 이곳의 삶에 적응했다.

그러던 중 대학에 진학할 시기가 왔다. 수능을 보지 않는 외국인 전형의 특성상 다양한 서류가 필요해 그의 진학 준비를 돕게 되었다. 빈 교실에서 머리를 맞대고 밤새 자기소개서를 썼다. 그때만 해도 한국에 잠비아 대사관이 없어 도쿄에 있는 잠비아 대사관에 수시로 연락해 필요한 서류를 하나씩

모았다. 그렇게 열심히 지원서를 마련해 여러 대학에 지원했
는데 세상에나, 이 친구가 덜컥 서울대학교에 합격을 했다.

　난리도 그런 난리가 없었다. 산골짜기 시골 고등학교에서
서울대학교 합격만 해도 기사가 날 판인데, 심지어 아프리카
에서 온 아이가 서울대를 간다고 하니 마을 전체가 들썩였다.
학교를 후원해 주시는 많은 분들이 찾아와 축하해 주셨고 매
일 잔치판이 벌어졌다. 켄트도 나도 정말 신났다. 꿈같은 일이
일어났다고 생각했다. 근데 문제는, 이 꿈같은 일이 생각보다
너무 커져버린것에 있었다.

　매일 아침 기자들이 카메라를 들고 기숙사로 찾아왔다. 낮
에는 지역 정치인들이 수시로 찾아와 켄트의 손을 잡고 사진
을 찍어댔다. 켄트도 처음에는 신기하고 재미있어했지만 어른
들의 세계에 계속 노출되는 걸 감당하기엔 아직 너무 어린 나
이였다. 선생님들과 이 문제를 상의했고, 결국 켄트는 필요한
짐만 싸들고 야반도주하듯 우리 집으로 피신했다.

　학교에서 켄트는 사라졌지만 여전히 켄트를 찾는 사람들
은 많았다. 특히 방송국 섭외 전화가 많았다. 켄트가 우리 집
에서 지내다 보니 그 전화가 자연스럽게 내게 연결되었다. 얼
떨결에 나는 매니저가 되어 모든 대응을 하게 되었다. 지금 대

충 기억나는 프로그램만 해도 〈아침마당〉, 〈인간극장〉, 〈순간 포착 세상에 이런 일이〉, 〈시사매거진 2580〉 등 아침 정보 프로그램부터 심야 시사 프로그램까지 전국의 알 만한 프로그램에선 모두 연락이 왔다. 지금이야 내가 방송국 피디를 하고 있지만 당시 스물네 살짜리 공익 근무 요원이 뭘 알겠는가? 한국말도 서툴고 무엇보다 대중에 노출되는 상황을 부담스러워했던 켄트를 위해 온갖 핑계를 대며 A급 배우 매니저마냥 비싸게 구는 수밖에 없었다.

그러던 중 한 통의 전화가 왔다. MBC에서 극비리에 준비하는 예능 프로그램의 담당 작가라고 했다. 몇 달 전부터 방송을 준비해 왔고 곧 촬영을 시작하는데 우연하게 방송 내용이 켄트와 관련된 것이라고 했다. 무슨 내용인지는 만나서만 말할 수 있다며 당장 다음 날 찾아오겠다고 했다. 뭐라 표현할 수 없는 촉이 왔다. 왠지 모르지만 만나봐야 할 것 같았다. 켄트도 동의했고 나 역시 다음 날 연차를 신청하고 그들을 기다렸다.

MBC 로고가 붙은 승합차에서 피디 한 명과 작가 세 명이 내렸다. 그들은 MBC 예능 프로그램 〈일밤〉의 제작진이었다. 아프리카에 우물을 파는 일명 '단비'라는 코너를 6개월 전부

터 준비 중인데 첫 번째 장소가 잠비아라고 했다. 출연자 캐스
팅과 장소 섭외까지 끝낸 상태인데 우연히 켄트 기사를 보다
가 우물을 파러 가는 동네가 켄트의 고향이라는 걸 알고 운
명이다 싶어서 섭외하러 왔다는 것이다. 세상에 우연도 이런
우연이 있나. 켄트에게도 좋은 기회였다. 큰돈은 아니지만 출
연료를 받아 학비에 보탤 수 있었고 무엇보다 고향에 있는 가
족들을 만날 수 있는 기회였다. 학교 선생님들도 모두 동의하
셨다. 다만, 몇몇 선생님께서 한국말이 서툰 켄트가 세상에서
제일 믿을 수 없다는 '방송국 놈'들과 함께 가는 것을 걱정하
셨다. 그러자 담당 연출자였던 S피디는 선생님 한 분이 켄트
보호자로 갈 수 있게 제작진 한 명을 줄여서 비행기 티켓을
주겠다고 제안했다. 모든 결정은 일사천리로 진행되었다. 〈일
밤〉 팀은 9일 뒤에 잠비아로 출발한다고 했다. 신이 난 켄트는
그날 밤부터 짐을 싸기 시작했다. 그런데 아무도 예상치 못한
문제가 있었다. 바로 예방접종이었다.

　하룻밤이 지나서야 깨달았다. 단 9일, 아니 하룻밤이 지나
고 8일만 남은 상황에서 동행할 보호자가 맞아야 할 예방접
종이 너무 많았다. 아프리카에 입국하려면 의무적으로 황열
병부터 파상풍, 장티푸스, A형 간염 등 예방주사를 맞고 말라

리아 약까지 미리 먹어야 했다. 한꺼번에 그 많은 주사를 다 맞는 것도 문제였지만 학교가 시골에 있다 보니 보호자로 갈 선생님이 대도시의 병원을 예약하고 찾아가는 것도 쉽지 않았다. 8일 안에 선생님 한 명이 예방접종 미션을 해내는 게 불가능하다는 판단이 서자, 갑자기 내가 보호자의 대안으로 급부상하게 되었다.

뜬금없는 얘기지만 난 아프리카를 좋아한다. 아니 사랑한다. 어쩌다 사랑하게 되었는지 기억나지 않지만 하여튼 찐하게 사랑한다. 그래서 대학 시절 남들 다 유럽으로 배낭여행 갈 때 홀로 아프리카에 갔었다. 킬리만자로 산기슭 마사이족 마을까지 혼자 가서 한 달씩 살다 오기도 했고, 마사이마라에서 캠핑하며 코끼리를 보러 다닌 적도 있다. 그러다 보니 난 이미 예방접종이 끝난 백신 완전체였다. 보호자로 갈 사람을 찾지 못해 혼란에 빠질 때쯤 누군가 말했다. 주사 맞으러 병원을 찾아다니는 것보다 공익 근무요원이 병무청에 해외여행 허가받는 게 쉽지 않겠냐고.

이것저것 따져볼 시간이 없었던 우린 일단 뭐든 해봐야 했다. 내가 일하던 곳의 기관장부터 기관이 소속된 지역의 시장 그리고 병무청장까지 모든 책임자의 허가가 필요했다. 얼마

안 남은 연차를 다 털어 넣기 위해 미친 듯이 전화와 팩스를 돌렸다. 다행히 가까스로 모든 허가를 받고 켄트와 함께 잠비아행 비행기를 타게 되었다.※

직항 노선이 없어 비행기를 세 번이나 갈아타야 했다. 그만큼 잠비아는 먼 곳이었다. 수도인 루사카에 내려서도, 켄트 고향까지 차를 타고 한참을 이동했다. 수도도 전기도 없는 시골까지 가는 내내 켄트한테 얘기했다. 너 한국까지 와서 정말 출세했다고.

오랜만에 엄마와 동생을 만난 켄트는 울며불며 감동의 상봉을 했다. 비까지 추적추적 쏟아지는 오지에서 최선을 다하는 〈일밤〉 제작진도 멋졌다. 촬영 마지막 날 수백 미터를 파내려간 땅 속에서 우여곡절 끝에 우물이 터져 나왔을 때 촬영장의 모든 사람이 부둥켜안고 울었다. 우물이 터져 나올 때 기뻐하던 사람들의 얼굴과 그 순간 받은 감동은 지금도 생생하다.

한국으로 돌아오던 날, 나는 S피디에게 이런 프로그램을

※ 나중에 안 사실이지만 당시 제작비 여건상 연예인들의 매니저는 동행하지 못했다. 그만큼 켄트는 A급 출연자였다.

만드는 방송국 사람들이 정말 멋있다고 얘기했다. 이 멋진 곳에 켄트와 나를 데려와 주셔서 감사하다는 인사와 함께 말이다. 그랬더니,

"동원 씨는 나이가 몇 살이야?"

"저요? 스물네 살인데요."

"그래? 그럼 앞날이 창창하니까 절대 방송국 근처엔 얼씬대지 마. 공부 열심히 해서 꼭 6시에 칼퇴근하고 주말, 명절 모두 쉴 수 있는 직업을 가져. 여긴 사람이 살 수 있는 곳이 아니야."

잠비아 공항에서 비행기를 기다리는 내내 그는 가족사까지 읊어가며 방송국에 취직하면 안 되는 이유를 백 가지쯤 설명해 주었다. 우물이 터져 나올 때보다 더 절실하고 진지했던 S피디의 눈빛. '칼퇴근'이라는 단어를 힘주어 말하던 목소리는 오랫동안 생생했다.

당연히 SBS에 지원서를 쓸 때도 그의 눈빛이 떠올랐다. 하지만 그때만 해도 '에이, 괜한 엄살을 부리신 거지. 칼퇴근이 그렇게 중요하겠어? 너무 힘들면 그만두면 되니 일단 붙고 보자'라고 쉽게 생각했었는데⋯.

지난 10년 동안 왜 S피디의 말을 새겨듣지 않았나 하는 후

회를 뻥 안 치고 천 번은 한 것 같다. 지금도, 이 글을 쓰는 지금도 계속 후회하고 있다. 왜… 그의 말을 흘려들었나. 그럼 지금이라도 그만두면 되지 않느냐고? 그러기엔 이미 나이도 먹고, 대출도 많고, 정말 대출이 많고, 카드 값도 있고. 돌아가기엔 너무 멀리 왔는걸.

나중에 알게 된 소식인데 6시 칼퇴근을 간절히 갈망하던 S피디는 얼마 지나지 않아 MBC를 떠났고 결국 저녁이 있는 삶을 살게 되셨다고 한다.

그리고 예방접종을 다 맞았음에도 잠비아에서 말라리아에 걸려 3주 만에 살이 7킬로그램이나 빠졌던 나는… 오늘도 월급쟁이로 저녁에도, 밤에도, 새벽에도 열심히 주어진 임무에 충실하고 있다(이런 걸 우리 사장님이 좀 알았으면 좋겠네).

2부

———————

아 무 튼

———————

조폭 인터뷰의 핵심은
칼자국

뜨거운 폭염으로 녹아내릴 것 같던 날, 렌터카 조수석에서 에어컨을 최대치로 틀어놓은 채 멍때리고 있었다. 사건 취재를 위해 꼭 만나야 할 누군가를 기다리는 중이었다. 그는, 그의 정체를 알게 되면 그 누구도 만나고 싶어 하지 않을 사람이었다. 나 역시도 그 만남을 피하고 싶은 심정은 굴뚝같았다. 하지만 별 수 있나. 대출이자 갚고 다음 달 카드 값 내려면 일을 해야 하고, 그러려면 이 사람을 카메라 앞에 앉혀서 인터뷰를 해내는 수밖에. 아, 피디라고 불리지만 결국 은행의 노예에 불과한 내 신세여.

　　같이 간 후배 피디에게 더위 먹은 사람 마냥 주절주절 온
갖 신세 한탄을 늘어놓고 있는데, 검은 세단 한 대가 우리 차
뒤로 도착했다. 차에서 내린 사람은 스포츠머리에 캐주얼한
느낌의 명품으로 온몸을 감싸고 있었다. 왼손에 일수 가방 같
은 것을 끼고 두꺼운 손을 내밀며 악수를 청하던 그는, 누구
나 이름을 아는 전국구 거대 폭력조직 ○○파의 중견 조직원
A씨였다.

　　당시 나는 누명을 쓰고 공직에서 파면당했다는 제보자의
사연을 취재하고 있었다. 사건의 구체적인 내용을 알고 있는
주요 인물 중 A씨가 있었고, 이에 과거 기억을 함께 더듬어 보
고자 정식으로 인터뷰를 요청했다. 호탕한 성격의 A는 인터
뷰 요청을 바로 승낙했다. 자기가 잘못한 일이 아니니 억울한
사람 도와주는 거라면 언제든 응해줄 수 있다는 적극적인 태
도였다.

　　인터뷰를 해준다고 하니 정말 고마웠다. 그런 증언을 해주
는 것이 프로그램 완성도를 높이는 데 큰 도움이 되기 때문이
다. 고맙긴 한데, 머리로는 정말 고마운데, 마음은 솔직히 썩
내키지 않았다.

　　어린 시절 나는 싸움을 정말 못 했다. 사실 싸움 자체를 해

본 적도 거의 없었다. 태생적으로 싸움을 엄청 못 한다는 걸 스스로 이미 잘 알고 있었기 때문이다.

그래서 학교에서 소위 '잘나간다'는 아이들과도 교류가 없었다. 성인이 되어서도 물리적 힘을 행사하며 사는 사람을 만난 적은 없었다. 음지와 관련된 일을 한 적은 당연히 없다. 그래서 그쪽 세상의 생리에 대해 전혀 모르고 살았다. 그랬던 내가 먹고살려고 방송국에 취직했을 뿐인데 조폭을 인터뷰해야 한다고 하니 며칠째 잠이 오지 않았다. 물론 으슥한 곳도 아니고 대낮에 카페에서, 심지어 검찰청 바로 맞은 편 카페에서 하는 인터뷰였다. 어떤 일도 일어나지 않을 게 분명한 장소와 시간이었지만 ○○파의 50대 중견급 조직원을 만난다는 것만으로도 이미 패닉 상태였다.

아이스 아메리카노를 사발로 마시듯 드링킹하는 A씨 앞에서 내 머리와 어깨는 자연스럽게 굽실거리고 있었다. 그가 웃을 때마다 반사적으로 함께 웃었고 제대로 눈도 마주치지 못하며 눈치만 살피고 있었다.

"이젠 옛날처럼 전쟁하는 조폭은 없어요. 요즘 세상이 바뀌어서 다들 합법적인 사업하고 식구들도 연봉 주고 4대 보험

가입해 주고 고용해서 씁니다. 문신도 조직 안에서는 잘 안 해요. 동네 양아치들이나 온몸에 그림 그리지. 우리는 오히려 분위기 해칠까 봐 되도록 아무것도 안 하는 추세예요."

일반적인 조폭의 이미지와 달리 정중함이 몸에 밴 듯한 A씨는 사업가의 말투를 쓰고 있었다. 지금은 조폭이 사시미 칼 들고 싸우는 시대가 아니라 법인카드 들고 열심히 영업을 뛰어야만 먹고살 수 있는 세상이라고 강조했다. 과거처럼 싸움 좀 하는 애들을 '스카우트'라는 명목으로 모아 한 집에서 먹고 자며 합숙하는 문화는 사라졌다고 했다. 게다가 이젠 각자 일한 만큼 연봉 주고 휴가도 챙겨줘야만 식구가 모인다고 했다. 조폭도 주먹이 아니라 머리로 트렌드를 읽고 창의적인 비즈니스 아이템을 개발해야 한다고. 그런 맥락에서 후배들에게 〈그것이 알고 싶다〉와 〈궁금한 이야기 Y〉 같은 프로그램을 매주 의무적으로 시청하게 한다고 했다. 최신 범죄 및 판결 관련 트렌드를 알아야 비즈니스를 할 수 있다는 게 그의 주장이었다.

합법적인 사업을 한다면서 범죄 관련 동향을 방송으로 챙기는 걸 보면 여전히 '음지에서 일하는 건 맞구나'라고 속으로 생각했다. 겁먹은 나의 마음은 더욱 굳어갔다. 인터뷰를 시작하겠다는 말 한마디를 못 해서 계속 그의 일장연설만 듣고 있었다. 그런 내 모습을 아는지 모르는지 서울에서 온 피디가 자신의 얘기를 웃으며 들어주자 점점 신이 나는 듯했다. 그러면서 평소 자기가 생각해 오던 '창의적인 비즈니스 아이디어'에 대한 의견을 듣고 싶다고 했다. 그가 꺼낸 첫 번째 아이디어는 '치안의 민영화'. 과거 정부가 추진하던 '공기업 민영화' 같은 건가?

　"요즘 우리가 골치 아픈 게 화장실에 카메라를 설치하거나 여자들한테 못된 짓 하는 성범죄자예요. 걔네가 우리 구역에서 체포되었다고 소문 나면 상권 전체에 영향을 줘서 손님이 줄어들거든요. 근데 경찰은 신고를 받아야만 걔네를 잡을 수 있지 사전에 단속을 못 하잖아요? 우리가 관리하는 업소가 많은 골목에는 우리에게 치안을 맡겨주면 좋겠어요. 우리는 나쁜 놈들이 발 못 붙이게 확실하게 처리할 수 있거든."

　간단히 말해서 자기 구역의 경찰 권한을 용역으로 넘겨주면 범죄자들이 못 설치도록 알아서 해결할 수 있다는 발상이었다. 어떻게 생각하냐기에 그저 웃으며 살면서 한 번도 생각 못 해본 아이디어라고 대답했다. 솔직히 비현실적이다 못해 황당한 얘기이다 보니 어이가 없어 헛웃음이 나왔다. 그러거나 말거나 신이 난 A씨는 또 다른 '창의적인 비즈니스 아이디어'를 장황하게 늘어놓았다.

"솔직히 말하면 요즘도 간간이 조폭끼리 전쟁이 있어요. 그걸 근절시킬 수 있는 방법이 뭐냐. 바로 총을 들고 다닐 수 있게 하는 거예요."

아깐 요즘 세상에 조폭은 주먹질 안 한다더니, 여전히 몸으로 부대끼며 치열하게 살고 있다고 급 토로하는 A씨. 그러면서 목소리 낮춰 말하길, 한국에도 간혹 밀수된 권총이 들어오고 있어서 집집마다 한 자루씩 갖고 있다고 했다. 근데 만일 총기 소지를 합법화하면 조폭들이 지금까지 입수한 총기를 사시미 대신 차고 다니게 될 거란다. 그게 오히려 전쟁을 막는 효과를 줄 것이라 주장했다. 한국 조폭들은 마피아나 삼합회처럼 깡다구가 있는 게 아니라 총을 줘도 쏘지 못할 거라나 뭐라나. '핵 억제력'과 비슷한 발상인 건가.

일반인과 관점이 많이 다르다 보니 그의 비즈니스 아이디어는 하나같이 기괴하고 독특하고 어이 없었다. 처음엔 주눅이 들어서 맞장구도 치고 함께 웃기도 했는데 시간이 지날수록 왜 이런 현실성 제로의 얘길 듣고 있어야 하나 싶었다. 그가 입을 열수록 불쾌지수가 높아졌고 그 덕분인지 온몸에 피가 돌면서 본업에 집중할 용기가 생겼다.

A씨는 묻는 말에 뭐든 답해줄 수 있으니 인터뷰는 전혀 걱정하지 말라고 했다. 경찰서 녹화실에서 조사받는 것도 아니고 체포될 일도 없는데 뭐가 문제겠냐고 했다. 우리도 카메라를 꺼내서 자연스럽게 촬영 준비를 했다. 세팅이 끝나고 마지막으로 A씨의 옷에 마이크를 달려는데 갑자기, 누군가 자신을 알아볼까 봐 걱정된다고 했다. 사실 허락을 받고 오지 않았다는 것이다. 허락이라는 단어를 듣는 순간 보스에게 허락을 못 받고 왔구나 싶었다. 영화에서 보는 것처럼 조직과 관련된 건 뭐든 보스에게 허가를 받아야 할 테니까. 나이 50이 넘은 간부급 조직원이라 하더라도 서열이 중요한 조직 세계에선 문제가 될 수 있겠다 싶었다. 하지만 이제 와서 인터뷰를 안 하면 '창의적인 비즈니스 아이디어'를 들으며 기다려온 나는 어쩌란 말인가? 월급쟁이인 나의 사명을 다하기 위해선 무조건 인터뷰를 성사시켜야만 한다.

찬찬히 그를 설득하기 시작했다. 당연히 얼굴을 모자이크해서 아무도 못 알아보게 할 것이고 목소리도 음성변조해서 다른 사람으로 만들어드리겠다 장담했다. 내가 직접, 평소보다 더 공들여서 정성껏 신원을 보호해 드리겠다고 했다. 눈을 감고 잠시 고민하던 A씨.

"얼굴도 얼굴인데 내 팔뚝을 제대로 모자이크해 주셔야 해
요. 이거 보면 내가 누군지 다 알게 됩니다."

양쪽 팔뚝을 들어 올리는데 두툼한 살집 여기저기에 빗금
이 쳐져 있는 게 아닌가? 사고를 당하신 거냐 물었더니 젊은
시절 생긴 상처라고 했다. 그 말에 팔뚝을 자세히 살펴보니 세
상에나, 다 칼자국이 아닌가. A씨의 말에 따르면 과거 조폭들
의 전쟁에선 상대를 죽이는 게 아니라 단순히 제압할 목적으
로만 칼을 사용했다고 한다. 혹시라도 싸우다가 살인 사건이
벌어지면 수습할 수 없으니 상처만 주는 게 암묵적인 룰이었
단다. 그래서 사시미라고 해도 찌르기보단 단순히 휘두르는
용도로 많이 썼는데, 급할 경우 그걸 팔로 막다 보니 상처가
많이 생겼단다.

초면에 실례를 무릅쓰고 법의학자가 부검하듯 칼자국을
하나씩 꼼꼼히 살펴봤다. 상처마다 깊이가 제각각이었다. 아
문 정도로 봐선 상처의 발생 시점도 전부 다른 듯했다. 상처
를 다 보고 나서 환자를 대하는 의사처럼 무미건조하고 단호
하게 말씀드렸다. 이 정도 상처면 가리는 수준이 아니라, 흉터
하나 없는 아기 피부처럼 깔끔하게 처리해 드릴 수 있다고 약

속했다.

티 안 나게 가능하냐며 재차 묻는 A씨에게 요즘 기술이 좋아 아무 걱정 없다고 달래며, 얼른 마이크를 채우고 인터뷰를 진행하려는데 그가 또다시 몸을 뒤로 뺐다. 아니 아까 총기가 어쩌고 할 때 보이던 배짱은 어디 가고 자꾸 이랬다저랬다 하는 건지. 짜증이 올라왔다. 그렇게 걱정되시면 보스에게 전화해서 한번 상의를 해보시라고. 필요하시다면 전화하는 동안 우리가 자리를 비켜 드리겠다고 얘기했다. 그러자 이런 걸로 형님께 허락받을 나이는 지났다며 발끈하는 A씨. 아니 그럼, 대체 누가 알아볼까 봐 그렇게 두려우신 겁니까?

"우리 와이프가 알면 큰일 나거든요. 안 그래도 요즘 내가 사고를 쳐서 분위기가 안 좋은데 방송국 인터뷰까지 하고 다닌 걸 알면 진짜 집에서 쫓겨날 수도 있어요."

그렇다. 조폭에게도 세상 가장 무서운 존재는 경찰도, 검사도, 보스도 아닌 와이프였다. 조직에서 쫓겨날 걱정이 아니라 이혼당할 걱정을 진지하게 하는 모습을 보니 처음에는 어이가 없었다. 세상 용감한 척은 다 하더니 이제 와서 이게 무슨…. 하지만 그는 진지했다. 아무리 모자이크를 해도 같이 사는 사람이면 옷차림만 보고도 알 수 있지 않냐고 말했다.

심지어 그 옷도 와이프가 사 준 것이라고 했다. A씨의 걱정의
이해되긴 하는데 제보자를 위해서 어떻게든 인터뷰를 해내야
만 했다. 지금이야말로 '창의적인 비즈니스 아이디어가' 절실
한 상황! 고심 끝에 생각해 낸 방법은 딱 하나.

"A씨, 저랑 옷을 바꿔 입으면 어떨까요?"

내 옷을 입으라는 말에 그는 위아래로 내 몸을 훑어보았다.
사이즈가 좀 작겠지만 입을 수 있을 정도고 저렴한 피케 셔츠
라 자신의 옷처럼 안 보일 테니 괜찮은 아이디어라고 말했다.
명품은 아니지만 내 옷도 나름 비싸게 산 거라고 단호하게 말
하고 싶었지만 그럴 때가 아니었다. 그의 마음이 바뀌기 전에
인터뷰를 시작해야만 했다. 그렇게 나는 초면에 A씨와 함께
화장실에 들어가 문을 잠그고 어색하게 서로를 바라보며 옷
을 바꿔 입었다. 내 옷이 생각보다 빡빡했던지 A씨는 어깨가
잔뜩 움츠러든 모습으로 수줍게 카메라 앞에 앉았다. 그렇게
만난 지 한 시간 후, 드디어 카메라의 녹화 버튼을 누를 수 있
었다.

촬영이 시작되자 A씨는 최선을 다해 인터뷰에 응해주었다.
덕분에 나도 준비한 질문을 다 할 수 있었고 A씨가 몰랐던 제
보자 가족의 가슴 아픈 사연도 공유하게 되었다. 생각보다 인

터뷰에 많이 몰입한 A씨는 제보자의 사연을 전혀 몰랐다며 울먹이다 이내 눈물을 뚝뚝 떨어뜨렸다. 예상치 못한 모습이라 많이 당황스러웠지만, 피디 입장에선 나쁘지 않은 영상이라 한편으로 고맙기도 했다. 문제는 눈물을 쉽게 멈추지 못하던 A씨가 습관처럼 옷소매로 눈물을 닦아낸 것이었다. 내 옷인데, 내가 아끼는 옷인데 하필 거기에…. 속으로 뜨악했지만 프로페셔널한 피디인 척하며 싫은 티는 낼 수 없었다. 그렇게 진정성 가득한 인터뷰가 끝난 뒤 내겐 장장 한 시간짜리 분량의 녹화 테이프와 그의 눈물, 콧물 등 온갖 DNA가 묻은 티셔츠만 남았다.

촬영이 끝나고 우린 화장실로 다시 들어가 말없이 옷을 바꿔 입었다. 내 어깨와 등은 정체를 알 수 없는 축축함으로 비명을 질렀고, 소매엔 뭔가 미끈거리는 게 있는 듯한 느낌이 들었지만 아무 말도 할 수 없었다. 찜찜한 나의 기분과 달리 한바탕 울음으로 감정을 모두 털어낸 A씨는 가벼워진 얼굴로 카페 앞에서 담배를 물고 계셨다. 귀한 시간 내주셔서 감사하다고 무표정하게 인사하자 칼자국 잘 지워줘야 한다며 이렇게 덧붙였다.

"우리 딸이 대학교 3학년이거든요. 얘가 취직하고 결혼할 때까지는 어떻게든 현역으로 버텨서 돈을 벌어야 합니다. 그래서 나는 이제 불법적인 일도 안 해요. 지금 잡혀가면 인생 끝이거든요. 이 바닥도 대충 정년이란 게 있어서 은퇴는 해야하지만 무조건 오래 버티는 게 제 인생 남은 목표입니다."

정년을 앞둔 월급쟁이처럼 말하던 A씨. '결국 무시무시한 조폭이나 방송국 일개 사원인 피디나 대출 갚고 밥벌이 걱정하는 건 똑같구나…'라고 생각하며 헤어졌다.

그리고 얼마 뒤 방송이 나갔다. 영상 속에서 그는 진한 모자이크에 가려져 칼자국은커녕 얼굴도 알아볼 수 없는 달걀 귀신이 되어 울고 있었다. 단지 온갖 분비물로 축축해진 내 옷만 모자이크 사이로 예쁘게 방송을 타고 세상에 퍼져나갔다.

전과 17범
약쟁이의 '하우스'

파도가 잔잔한 어느 늦은 밤 부둣가, 비틀대며 지나가는 몇몇
취객들을 바라보며 곧 들이닥칠 내 앞날을 상상하고 있었다.
억울한 일을 겪었다며 제보가 들어온 사건을 취재하는 중이
었다. 제보자 입장에서는 미치고 팔짝뛸 상황이었다. 하지만
매번 이런 일을 접하느라 남의 불행에 무덤덤해진 피디 입장
에서는 지극히 전형적인 취재, 일반적인 '아이템'이었다. 방송
쟁이 입장에서 더 냉정하고 현실적으로 말하자면, 제보 내용
을 읽는 순간 제작 과정의 A부터 Z까지가 바로 떠올랐다. 출
장 일정과 들여야 할 품이 명확하게 설계되는 일반적인 업무

상황이었다. 그래도 용기내서 사연을 제보한 분을 위해서 '내가 할 수 있는 걸 다하자', '노력해서 최대한 도움을 드려보자'고 생각하며 열심히 취재에 매달렸다. 그렇게 달리다 마주한 곳이 피디 '짬밥'으로는 전혀 예상하지 못한 바로 이 부둣가였다.

이 사건에 있어 중요한 H의 존재를 알게 되었을 때 꼭 그를 만나야겠다고 생각했다. 운 좋게 연락이 닿았고 H는 본인 사업장에서 만나, 뭘 원하는지 듣고 싶다며 주소를 보내주었다. 일이 술술 풀리는 상황, 5분만 더 걸어가면 그를 만날 수 있다. 하지만 여기 오는 길에 H라는 사람의 직업을 알아버린 나는, 딱 5분만 더 가면 되는 그 거리를 가지 못하고 부둣가만 서성였다. 앞뒤 생각 안 하고 무작정 달려와 버린 나 자신을 자책하고 원망했다. 어쩌다 여기까지 와버렸을까, 후회뿐이었다. 하지만 우리 방송을 기다리고 있을 제보자가 있는 상황에서 돌아갈 길이 없었다. 결국 뭉그적거리다 H가 있다는 부둣가 옆 번화가로 발걸음을 옮겼다.

H는 그 지역에서 잘나가던 조폭이었다고 한다. 체구는 작지만 배짱이 두둑해서 훗날 조직을 이끌 재목으로 꼽히는 사람이었다. 하지만 조직의 신임과 경제적 여유를 얻게 되자 자연

스럽게 필로폰에 손을 대기 시작했다. 얼마 지나지 않아 H는 마약 투약 및 판매 혐의로 구속되었고, 마약에 손댔다는 이유로 조직에서도 제명당하고 말았다. 하지만 모든 것을 잃었음에도 마약 중독에서 벗어날 수 없었다. 그렇게 그는 구속과 출소를 반복하는 전과 17범의 전문 '약쟁이'가 되었다. 그런 H가 나를 만나기 위해 그의 사업장에서 기다리고 있었다.

부둣가 옆은 네온사인으로 번쩍이는 오래된 거리였다. 포차, 소주방, 노래방 등 모든 유흥 시설이 종류별로 모여 있었다. 길에는 2차 장소를 찾아 서성이는 취객들로 가득했다. H가 준 주소는 그 번화가 골목 한복판에 있는 작고 오래된 빌딩이었다. 엘리베이터도 없는 빌딩에는 좁은 계단이 일직선으로 높게 이어져 있었다. 천장 곳곳에 누렇게 변한 전구가 매달려 있어 묘하게 으스스했다. 4층까지 억지로 올라가야 할 판인데 3층까지 오자 차마 발이 떨어지지 않았다. 한 층 더 올라가면 대체 뭐가 있을지 모를 일이었다. 혹시라도 내가 상상하는 마약과 관련된 사업장이 있으면 어떻게 할 것인가? 못 본 척하고 인터뷰만 하고 와야 하는 것인가, 아니면 경찰에 신고를 해야 할 것인가? 지금이라도 다른 핑계를 둘러대며 이 빌딩을 빠져나가야 하는 것인가?

"뭐해요? 거기 서서 안 올라오고."

컴컴한 4층 계단 끝에 한 남자의 실루엣이 보였다. 고개를 삐죽 내민 채 얼른 올라오라고 손짓하는 H의 모습에 덜컥 마음이 내려앉았다. 그의 입장에서는 '만나달라고 부탁할 때는 언제고 왜 뭉그적대고 있는 건가'라고 생각할 게 분명했다. 첫 만남부터 꼬인 셈이었다. 돌아갈 기회도 사라졌다. 얼른 올라가 상황을 역전시켜야만 했다. 부랴부랴 계단을 오르는데 반대편 어두컴컴한 모서리에 CCTV 카메라가 달려 있는 것이 보였다. 아, 아까부터 계단에서 서성대던 내 모습을 다 보았겠구나.

H는 문 바로 옆 오래된 책상에 앉아 있었다. 내 명함을 받는 그의 뒤편에는 CCTV 화면이 보이는 모니터가 있었다. 모니터에는 빌딩의 계단뿐만 아니라 바로 앞 거리의 모습까지 나오고 있었다. 빌딩 앞을 돌아봤을 때는 CCTV가 없었는데 대체 어디에 숨겨놓았던 걸까.

H의 체구는 듣던 대로 작았지만 운동을 많이 한 듯 몸은 단단하고 가슴이나 어깨는 두꺼웠다. 그는 바로 옆 소파 자리를 권했고 나는 웃는 얼굴로 온갖 너스레를 떨며 소파에 앉으려고 했는데… 바로 뒤에서 사람들의 거친 목소리가 들려왔

다. 정체를 알 수 없는 그들은 원형 테이블에 둘러 앉아 담배를 태우고 있었다.

"심심해서 놀러온 사람들이니까 신경 안 쓰셔도 됩니다."

한 눈에 보기에도 범상치 않아 보이는 사람들의 손에는 트럼프 카드가 쥐여 있었고 그들 앞에는 카지노에서나 보던 칩들이 쌓여 있었다. 심심해서 놀러오는 곳이라기엔 그들을 둘러싼 세팅이 프로페셔널했다. 큰돈이 오가는 듯 그들의 얼굴은 진지했고 담배연기마저 진하고 무거웠다. 여기가 바로 말로만 듣던 이른바 '하우스', 사설 도박장이었다.

자꾸 뒤편을 흘깃대며 보는 내게 H는 아무 말 없이 드링크 음료 한 병을 건넸다. 그걸 자연스럽게 따서 마시려는 순간 어느 선배가 했던 경고가 떠올랐다. 마약과 관련된 사람을 만날 때 그가 주는 어떤 것도 입에 대지 말라고 했다. 먹는 거에 뭘 타서 우릴 어떻게 엮을지 모른다는 게 그 이유였다. 실제로 모 언론사 기자는 과거 마약사범을 취재하다 결국 그들에게 엮여 마약 중독자가 된 뒤 이 바닥을 떠났다고 했다. 그 말이 생각나 드링크를 마시려고 젖혔던 고개를 재빠르게 숙였다. 다행히 음료는 한 방울도 입에 들어가지 않았다. 내가 그러는 걸 아는지 모르는지 H는 혼자 음료를 마시며 별 말이 없었다.

인터뷰 요청에 딱히 긍정도 부정도 하지 않았다. 오래된 일이
니 기억을 좀 더듬어 봐야겠다고만 했다.

　이렇게 만난 것도 인연이니 꼭 인터뷰를 해달라고 요청하
자 며칠 뒤 다른 날을 잡고 다시 만나서 인터뷰를 해주겠다
고 했다. 보통 이런 경우 며칠 사이에 마음이 바뀌어 인터뷰
를 취소하는 경우도 종종 있지만 H의 말에서 묘하게 신뢰가
느껴졌다. 그럼 인터뷰 장소를 별도로 정해서 말씀 드리겠다
고 하니 다른 사람들이 있는 곳에서는 카메라 앞에 앉고 싶
지 않다고 했다. 사람이 통제된 공간을 섭외해 말씀드리겠다
고 했더니 그런 것도 다 싫다고 한다.

　"그냥 여기에서 합시다. 여기 소파에서 지금처럼 찍으면 되
겠네. 금방 끝나죠?"

　아니 금방 끝나는 걸 떠나서 여기 이 자리에서 찍자고요?
여기는 그냥 사무실이 아니라 하우스 아니었던 가요? 우리
뒤는 한 판에 수백, 수천만 원이 오가는, 뉴스에서나 보던 불
법도박의 현장인데…. 여기서 인터뷰를 하는 건 불가능하다
고 생각했다. 그 공간에 있는 다른 사람도 문제지만 가장 큰
걱정은 H의 경력이었다. 조폭 경력에 마약까지 산전수전 다

겪으며 보통 내공이 아닐 H와 편안하게 인터뷰하려면 그의 홈그라운드에서 벗어나야 한다는 판단이 들었다. 하지만 H의 고집은 그의 몸만큼이나 단단했다. 어쩔 수 없었다. 아쉬운 사람이 모든 조건을 맞춰드리는 수밖에.

다음을 기약하고 헤어진 이후 며칠 동안 두통이 가시질 않았다. 평범하게 인터뷰 일정을 정하고 헤어진 상황일 수도 있다. 하지만 인터뷰 장소가 너무 불안했고 무엇보다 '약쟁이' 경력이 있는 그의 말을 믿을 수 있을지가 제일 걱정이었다. 보통 법원이나 수사기관에서는 마약 사범의 증언을 쉽게 신뢰하지 않는다. 중독자들은 마약을 구하는 데 도움이 되는 상황이라면 앞뒤 안 가리고 거짓말을 한다고 알려져 있기 때문이다. 그런 그와 인터뷰를 약속하고 온 것이 잘한 일인가 싶었다. 일단 인터뷰를 해놓고 나중에 크로스체크로 사실 관계를 확인하면 될 일이긴 했다. 하지만 그가 만나줄지, 며칠 안에 마음이 바뀌진 않을지 계속 불안했다. 그 사이 도박장이 단속을 당해 사라질 수도 있는 상황이었다. 불확실성 백만 퍼센트로 모든 것이 다 걱정이었지만 내가 할 수 있는 건 H의 약속을 믿고 기다리는 것뿐이었다. 그렇게 모든 걱정을 끌어안았다. 며칠 밤을 거의 뜬눈으로 보내다 드디어 약속한 그날이 왔다.

인터뷰 시간은 밤이었지만 첫날 서성였던 그 부둣가에 일찌감치 와서 해지는 풍경을 찍으며 마음을 다잡았다. 드디어 약속한 시간이 되었다. 비장한 마음으로 H가 있는 곳으로 향했다. 요즘 핫한 식당과 술집으로 화려한 부둣가 옆 거리는 그날도 신나게 회식에 가는 직장인과 호객 행위를 하는 사람들로 가득했다. 이들 중 이 거리에 '하우스'가 있다는 걸 아는 사람이 있을까? 그래, 여러분들은 몰라도 괜찮아요. 오늘 하루 열심히 사셨으니 소주 한 잔에 모든 것을 다 잊고 즐기세요. 팔자 나쁜 저만 위험하게 돈 벌러 갈게요. 필로폰과 도박이 어우러진 현실 느와르의 현장으로!

그래도 한 번 가본 곳이니 이번엔 어깨 죽 펴고 당당하게 걸어 올라갔다. H는 그날과 같은 책상에 앉아 있었다. 같은 손짓으로 소파 쪽 자리를 권했고 꼭 루틴인 것처럼 같은 브랜드의 드링크 음료를 권했다. 함께 간 조연출 피디와 나는 가타부타 말도 없이 빠르게 카메라를 세팅했다. 사전에 다 협의한 내용이니 이러쿵저러쿵할 것도 없고 빨리 인터뷰 촬영을 끝내고 떠날 셈이었다.

얼추 카메라 위치가 잡힌 듯해서 수첩을 펴고 앉아 인터뷰를 시작하려고 했다. 그런데 이상하게도 자꾸 뒤에서 미적대는 느낌이 들었다. 뒤를 돌아보니 촬영을 담당하는 조연출이 뭐가 잘 안 풀리는지 인상을 쓰고 있었다. '왜 그래'라는 표정으로 쳐다보니 눈으로 뒤편을 가리켰다. 카메라 앵글을 아무리 바꿔도 도박하는 사람들이 걸린다는 것이었다. 눈치가 빠른 H는 모자이크 하면 아무 문제없을 거라면서 먼저 도박하는 사람들에게 가서 별일 아니니 신경 안 써도 된다며 양해를 구했다. 그러나 내 입장은 안 괜찮았다. 당장 양해를 구하고 나중에 안 보이게 후반 작업을 한다고 해도 추후에 어떤 문제가 발생할지 알 수 없었다. H가 트집을 잡을지 아니면 다른 도박꾼들이 문제 제기를 할지 알 수 없는 일이었다. 마약중독자나 도박중독자는 계약이든 약속이든, 돈만 되면 뭐든 다 뒤집을 수 있는 사람이라고 선배들에게 배웠으니까.

　방송용 앵글 이전에 무조건 그들이 안 나오게 하는 게 우선이라고 생각했다. 결국 그간 배워온 촬영 문법은 접어두고 H가 찍히는 것만 중점에 두고 카메라 앵글을 다 바꿨다. 촬영을 담당하는 조연출이 아쉬워했지만 그것 말고는 방도가 없었다. H에게도 미리 앵글을 보여주며 도박 테이블이 카메라에 걸리지 않는다는 것을 미리 알렸다. 귀한 시간 내주셨는데 남의 사업장에 민폐를 끼치고 싶지 않다는 말과 함께….

드디어 인터뷰가 시작되었다. H는 찬찬히 대답을 이어갔다. 사실 우리가 취재 중인 사건에는 H가 마약 투약 혐의로 체포되었던 사건도 연관되어 있었다. 자신이 체포된 사건이다 보니 남에게 말하기 껄끄러운 부분도 포함되어 있었지만 개의치 않는 듯 모든 것을 담담하게 말했다. 물론 '약쟁이'가 하는 말이니 신뢰도가 낮다고 여길 수도 있다. 하지만 이 인터뷰가 마약 구입이나 금전적 혜택을 보장한 것이 아니고, 과거 본인의 범죄 행위에 대한 고백과 연계되어 있기에 더 신뢰할 수 있다고 판단했다.

"저건 또 뭐하는 놈이야?"

H가 인터뷰를 하다 갑자기 책상 위에 있는 CCTV 모니터를 보며 소리쳤다. 정체를 알 수 없는 사람이 수상한 걸음으로 계단을 올라오고 있었다.

"오빠, 안녕? 뭐야? 우리 오빠 연예인으로 데뷔하는 거야?"

어딘가 모르게 초점을 잃은 듯한 눈동자에 일관성 없는 옷차림을 한 사십 대 여성이었다. 누군지 전혀 알 수 없지만 마약중독자라는 건 처음 본 순간부터 직감적으로 알 수 있었다. H는 우리에게도 아는 동생이니 신경 쓰지 않아도 된다고 했다. 하지만 그녀는 내 뒤에 앉아서 매우 유심히 모든 걸 쳐다

보고 있었다. 간간이 H의 말에 알 수 없는 맞장구를 쳤고 우리 카메라까지 이리저리 살펴보는 듯했다.

　신경 쓰지 않아도 된다고 했지만 그럴수록 더 신경이 쓰였다. 정체를 알 수 없는 이 여성이 혹시 돌발 행동을 하지 않을까 걱정되었다. 집중력이 흐트러졌다. 도박판에서도 뭐가 잘못되었는지 사람들이 큰소리를 냈다. 도박꾼들의 욕설이 H의 마이크를 타고 들어올 것 같았다. 가뜩이나 기가 센 H의 눈을 마주보며 인터뷰를 하는 상황도 버거운데, 앞뒤로 방해 요소가 나타나자 담당 피디인 내가 제일 심하게 흔들리고 있었다. 질문이 입 밖으로 나오지 않았다. 말려버린 상황 때문에 인터뷰는 망해가고 있었다. 주변이 통제가 안 되고 피디마저 패닉에 빠졌을 때는 한 가지 방법 밖에 없다. 인터뷰를 무조건 빨리 끝내야만 한다.

　남아 있는 필수적인 질문만 하고 답변을 마쳤다. 조연출에게 마지막으로 주변 스케치 촬영만 짧게 해달라고 요청했다. 하지만 그 피디도 나처럼 집중력이 흐려졌는지 같은 앵글을 몇 번씩 촬영하고 있었다. 더 찍는다고 나아질 상황이 아니었다. 나는 이만 끝내자고 하고 서둘러 카메라 가방을 챙겼다. 1초라도 빨리 이곳을 빠져나가야만 했다. 그렇게 마음을 먹자 혹시라도 무슨 일이 일어나는 건 아닐까 싶은 불안이 나를 집어 삼켰다. 지퍼조차 제대로 잠그지 못해 헛손질을 했다. 조연출 역시 뭔가 떨어뜨렸다 줍는 걸 반복하고 있었다. 눈치가 빠른 마약 전과 17범의 H는 우리가 여기 상황에 눌려서 도망가려 한다는 걸 알아챘을 거다. 그렇지만 부끄럽고 쪽팔린 건 나중 일이고 일단 마무리를 해야 했다.

피디들이 왜 이렇게 땀을 많이 흘리냐며 태연히 티슈를 뽑아주는 H 앞에서, 우린 90도로 허리를 숙이며 시간 내주셔서 감사하다는 인사를 하고 뛰어내리듯 그 빌딩을 빠져나왔다. 그러고도 술 취한 행인들 사이로 한참을 뛰듯이 걸었다. H의 CCTV로부터 벗어났다는 걸 확인한 뒤에야 전봇대에 기대어 겨우 숨을 돌렸다. 다리가 후들거리고 손이 저렸지만 이만하면 다행이다 생각했다. 어쨌거나 며칠간 잠 못 자며 걱정했던 인터뷰 촬영은 해냈으니까.

출장을 무사히 마치고 회사 편집실에 앉아 H의 인터뷰 촬영본을 보는데 꼭 처음 보는 얼굴처럼 느껴졌다. 나름 H의 눈을 똑바로 보며 인터뷰했다고 생각했다. 그런데 이제와 보니 긴장하고 주눅 든 쫄보인 나는 인터뷰이의 얼굴도 제대로 보지 못하고 있었다. 질문도 앵글도 모두 엉망진창이었지만 다행히 H의 담담한 목소리와 답변은 잘 담겨 있었다. 추후 진행된 다른 취재 내용으로 다시 확인했을 때도 그의 인터뷰에는 거짓이 없는 듯했다.

　시간이 흘러 생각해 보니 H는 내 취재원 중 가장 배짱이 좋은 사람이었던 것 같다. 자신이 운영하는 '하우스'에서, 세상에서 가장 믿을 수 없다는 '방송국 놈들'과 인터뷰를 했으니 얼마나 배짱 좋은 사람인가. 그래서일까? 그 이후로도 한동안 명절이면 그에게 연락이 왔고 경조사가 있을 때도 내게 메시지를 보내곤 했다. 여전히 마약으로 구속과 출소를 반복하는지 연락이 간혹 끊기긴 했지만 하여튼 배짱 좋은 그는 이모티콘 가득한 메시지를 보내곤 한다.

　그가 보낸 문자가 올 때마다, 여전히 배짱도 없고 겁이 많은 나는 가슴이 철렁 내려앉는다. 전직 조폭에 마약사범에 불법도박장까지 운영하는 사람에게, 가끔은 구속이 되기도 하는 사람에게, 즐거운 한가위 맞으시고 새해엔 복 많이 받으시고 항상 건강하라고 답장을 해야 되는 건가. 아님, 올해는 구속되지 마시라고 답장을 해야 하는 건가. 혹시라도 답을 안 하면 나는 어떻게 되는 것인가. 그렇다면 꼭 해야만 하는 것인

가. 매달 25일에 회사에서 나오는 월급에는 이분과의 돈독한 (?) 관계를 유지하는 것도 포함된 것인가. 대체, 피디인 나는 무슨 일을 하는 사람이란 말인가.

남자답게 물어보면
남자답게 답해주는 두목님_____

당최 누구도 만날 수 없었다. 만나야 할 그들은 분명 이곳에 있었다. 숫자는 무려 수십 명에 달했고 그들의 서열과 운영하는 사업장에 대한 정보까지 모두 확보했지만 누구도 만날 수 없었다.

함께 출장온 취재 전문 피디가 그들을 만나보겠다고 나섰다. 탐사보도 프로그램에서 취재 전문 피디로 일한 경력만 15년이 넘는 그는, 사이비 종교의 예배당부터 엽기적인 살인 사건 현장까지 전국 팔도에 안 가본 곳이 없는 사람이었다. 취재해야만 하는 대상이 생기면 단서 하나 없이도 본인만의 노하우로 어떻게든 그 사람을 찾아내 인터뷰를 해내곤 했었다. 그의 능력을 우리는 모두 인정하고 있었다. 하지만 이번엔 달랐다. 그 역시 일주일째 아무도 만나지 못했다. 새까맣게 타들어가는 속만큼 그의 얼굴은 생기를 잃고 있었다. 이렇게까지 취재가 막혀버린 이유는 바로 우리가 만나려는 이들이 이 지역을 장악하고 있는 '조직폭력배 ○○파'였기 때문이다.

발생한 지 20년도 넘은 살인 사건이었다. 그 지역 유명 변호사가 한밤중에 길에서 괴한의 습격으로 살해당했다. 현장에선 어떠한 단서도 발견되지 않았고 수십 명의 검사와 형사들이 수사에 매달렸지만 끝내 범인을 검거하지 못했다. 영구미제 사건으로 종결된 지 한참 지난 이 사건을 취재하게 만든건 누군가의 제보였다. 하지만 제보를 받고도 현실적 제약 때문에 취재를 시작하지 못하고 있었다. 그러다 몇 달 뒤 사회적 여건이 바뀌면서 제보의 사실 관계를 확인하기 위해 팀 전체가 사건이 일어난 지역으로 출장을 가게 되었다.

사건을 취재하며 만난 피해자 유족과 동료들은 끔찍한 그날의 기억을 떠올리며 눈시울을 붉혔다. 당시 사건을 수사했던 검사와 형사들도 범인을 잡지 못했다는 죄책감에 여전히 시달리고 있었다. 피해자가 어떤 이유로 살해당했는지, 범행

흉기는 무엇이었는지 그 어떤 것도 알아내지 못한 채 끝나버린 사건. 그래서 모두들 이번 취재가 잔혹한 사건의 진실을 밝힐 수 있는 처음이자 마지막 기회라고 생각했다. 그렇게 수십 명의 사람들이 용기를 내 카메라 앞에 마주 앉았다. 모두가 피해자의 한을 풀어달라고 애원하듯 호소했다. 그들의 간절함은 강력한 사명이 되어 〈그것이 알고 싶다〉 제작진에게 전가되었다. 꼭 진실을 밝혀내리라 다짐했다. 그러려면 사건 발생 당시, 이 지역을 장악했던 ○○파 조직원의 증언을 반드시 확보해야만 했다.

취재 전문 피디는 매일 해질 무렵부터 동이 틀 때까지 유흥가를 돌아다녔다. 조직원이 운영한다는 룸살롱, 노래방, 술집, 호스트바 등 모든 곳을 찾아갔다. 방문 판매원처럼 웃는 얼굴로 명함을 돌리고 그들과의 만남을 정중히 요청했다. 그럴 때마다 돌아오는 것은 냉대뿐이었다. 그들은 그의 설명을 들으려 하지도 않았다. ○○파고 뭐고 자기들은 전혀 상관없는 일이라며 오히려 그를 내쫓았다. 분명 그들이 여기 유흥 골목을 장악했다는 건 세상 모두가 다 아는 사실이었지만 어느 곳에서도 조직원을 만날 수 없었다. 마치 우리가 취재한다는 사실을 알고 조직이 통째로 이 지구에서 증발해버린 것 같았다.

내가 교대로 돌아보자고 했지만 그런다고 해도 만나줄 것 같지 않다고 했다. 유흥업소 앞에 잠복하고 있다가 조직원이 나타날 때 달려가 인터뷰를 시도하는 방법도 생각해 봤다. 하지만 상황이 획기적으로 반전될 것 같지 않았다. 그들이 조직적으로 우리를 피하고 있는 게 분명했기 때문이다.

이제 우리에게 남은 방법은 단 하나뿐, 바로 조직의 보스인 Y에게 직접 전화하는 것이었다. 전화번호는 예전부터 갖고 있었다. 그럼에도 연락하지 않은 이유는 전화를 했다가 '나는 그런 거 모른다'며 차단해버리면 모든 기회가 사라져버릴 것 같았기 때문이다. 어떻게든 직접 만나야만 했다. 하지만 시간이 이미 일주일 넘게 흘렀고 이젠 소문이 다 퍼져 피디들이 조직원을 찾아다닌다는 걸 그 지역 사람 모두가 알고 있는 판이었다. 더 이상 시간을 끌 수 없었다. 결단을 내려야만 했다.

조직의 보스 Y에게 전화하기 전 머릿속으로 시나리오를 상상해 보았다. 단순히 호소하는 것 말고는 뾰족한 수가 떠오르지 않았다. 한 방이 필요했다. 밤의 세계를 장악한 Y에 대한 사전 정보가 더 필요했다. 고심 끝에 과거 이 지역 유흥가에서 활동했던 원로 Q에게 도움을 청했다. Q는 이전에도 취재에 대해 핀포인트 레슨을 해주신 적이 있었다. 방법을 묻는 내게, 음지에서 일하는 사람들은 어디든 노출되면 불리한 게 당연한데, 모든 걸 알리려고 작정한 방송국 피디가 찾으러 다니니 숨을 수밖에 없을 거라고 했다. 결국 상황을 타개하려면 보스와 담판을 짓는 것 뿐.

"지금 바로 두목에게 전화하세요. 그 사람은 매사에 당당한 사람이라 설명만 잘 하면 바로 만나줄 겁니다."

하지만 전화를 하자마자 끊어버리면 어떻게 하나? 그의 마음을 사로잡을, 밤의 세계에 적합한 구체적인 매뉴얼이 필요했다.

"첫 번째, 전화를 받자마자 피디님 소속과 이름을 명확하게 밝히세요. 아마도 바로 전화를 끊고 싶어 할 겁니다. 그때 빠르고 정확하게 이렇게 말하세요. 우리는 당신 조직에 해를 끼칠 생각이 없으며 단지 조직을 잘 아는 사람의 도움을 받고 싶은 것뿐이라고요."

거기까진 내가 취재할 때 하는 일반적인 통화 방식이었다. 취재를 하면서 누군가에게 전화를 걸면 대부분 빨리 끊고 싶어 한다. 그 짧은 찰나에 재빠르게 모든 걸 설명하고 마음을 돌려 인터뷰 섭외를 성사시키는 것이 내 주요 업무 중 하나다. 그래서 전화를 걸면 항상 속사포처럼 말을 하는 게 몸에 익어 있었다. 근데 그 다음엔… 대체 뭐라고 해야 하는 건가요?

"마지막으로 이렇게 얘기하세요. 내가 듣기로 당신은 남자라서 남자답게 물어보면 남자답게 답을 해주는 사람이라고 들었습니다. 남자답게 만나서 도움을 꼭 받고 싶습니다, 라고."

남자답게 물어보면 남자답게 답을 해주는 사람이라…. 40년 가까이 살면서 이런 말 자체를 떠올려 본 적도 없어서 정말 당황스러웠다. 나도 XY염색체를 가진 남자 생명체이긴 하지만 Q가 말하는 '남자'는 나와는 다른 존재인 것 같았다. 생각할수록 웃겼고 징그럽고 이상했고 어이가 없었다. 하지만 Q는 진지했다. 시키는 대로만 하면 분명 Y를 만날 수 있을 것이라 장담했다. 제작진끼리도 의견이 분분했다. 오히려 섭외는커녕, 우스운 사람으로 낙인찍혀 다른 취재마저 막히지 않을까 하는 걱정이 들었다. 하지만 방법이 없었다. 여기까지 온 이상 뭐든 해봐야만 했다. 어차피 나만 쪽팔리면 될 일이니까. 잠시 호흡을 가다듬고 밤의 세계 매뉴얼을 되새기며 통화 버튼을 눌렀다.

"여보세요?"

"안녕하세요, 선생님. 밤늦게 연락드려 죄송합니다. 저는

SBS 프로그램 〈그것이 알고 싶다〉를 만드는 이동원 피디라고 합니다."

"안 그래도 소식 대충 들었는데 당신들 도대체 뭐 때문에 온 동네를 쑤시고 다니면서 우리를 귀찮게 하는 거요?"

보스다운 두툼하고 걸걸한 목소리였다. 쏘아붙이는 말 한마디에서 엄청난 기가 느껴졌다. 순간 말문이 막히며 심장이 쪼그라드는 느낌이 들었다. 그냥 죄송합니다…라고 말하고 전화를 끊고 싶었다. 진심으로 무서웠다. 하지만 자연인 이동원으로 하는 일이 아니라 월급 받는 피디로 전화를 한 것이다. 쫄지 말자. 정신 바짝 차리자. 우릴 믿고 인터뷰해 준 사람들을 위해서라도 이대로 도망가선 안 된다.

겁먹어 목소리마저 떨리기 시작했지만 빠르게 숨을 가다듬고 Q가 알려준 대로 말했다. 당신의 조직에 해를 끼치려고 하는 것이 절대 아니고 그저 살인 사건 해결을 위해 도움을 받고 싶은 것뿐이라고. 그리고 황급히 마지막 필살기를 외쳤다.

"선생님 제가 듣기로는요. 그러니까… 선생님께서는 남자답게 여쭤보면 남자답게 말씀해 주시는 분이라고 해서 연락을 드렸는데요."

"…내가 남자인데, 뭐든지 답해줄 수 있습니다만."

…내가 남자인데? 내가 남자인데?? 내가 남자인데라니! Y는 전화를 끊지 않았다. 담담히 내 말을 계속 듣고 있었다. 당황스러웠다. 이게 먹힌다고? 진정 밤의 세계에선 이런 식의 대화가 통한단 말인가?

심장이 미친 듯이 쿵쾅거렸다. 뛰는 심장 속도만큼이나 빠른 속도로 인터뷰를 하려는 이유에 대해 설명했다. 그는 여전히 전화를 끊지 않았다. 그러더니 남자답게 인터뷰해 줄 수 있다고 했다. 지금 다른 사람들과 모임을 갖는 중이라며 세 시간 뒤인 새벽 1시쯤 만날 수 있다고 했다. 당연히 기다릴 수 있다고 했고 Y는 자리를 파하는 대로 다시 연락을 주겠다며 전화를 끊었다. 이렇게 남자다운 만남이 성사된 것에 모두들 어안이 벙벙했다. 이래서 다른 세계에서 무언가를 도모하려면 그곳의 언어와 문화부터 먼저 배우라고 했던가.

만남의 자리에는 나와 취재 전문 피디, 둘만 나가기로 하고 숙소에서 대기했다. 인터뷰를 하게 되어 좋기는 했지만 막상 조직폭력배 보스를 직접 만난다고 생각하니 너무 두렵고 무서웠다. 다시 Y에게 연락이 와서 인터뷰를 취소해 주길 바라는 마음까지 들었다. 나 진짜 싸움도 못 하고 달리기도 엄청 느린데. 아니면 그냥 밤이 늦었다는 핑계를 대며 다른 제작진

몰래 인터뷰를 취소해 버릴까?

기다리는 동안 가만히 있지 못하고 내내 숙소 여기저기를 돌아다녔다. 시간이 다가올수록 더 무서워졌다. 그러다 너무 긴장한 탓에 슬슬 졸음이 쏟아지기 시작할 때쯤 드디어 전화가 울렸다. 30분이나 일찍 연락한 Y는 유흥가 어느 룸살롱에서 만나자고 했다. 취재 피디가 매일 밤 출근 도장을 찍던 바로 그곳이었다. 호랑이굴에 내 발로 들어가야 할 상황. 이젠 돌이킬 수 없었다.

룸살롱에서 Y와 처음 눈이 마주치자마자 시원시원한 이목구비와 커다란 체구에 압도되었다. 모르는 사람이 봐도 그는 분명 조직의 보스였다. 피지컬 자체가 이미 태생적으로 보스라는 걸 입증하고 있었다. 다음 날 일정이 있어 부득이 한밤중에 만나게 되어 미안하다던 그는 갑자기 고급 양주를 따서 우리에게 권했다. 비싸기로 유명한 25년산 양주였다. 저렇게 비싼 걸 아무렇지도 않게 땄다는 거에 놀랐지만 내색하지 않았다. 대신 현재 근무 중이라 술은 마실 수 없다고 정중히 거절했다. 그렇게 Y는 양주를, 우리는 깡생수를 마시며 대화를 이어 나갔다.

궁금할 Y와의 구체적인 인터뷰 내용은 사건의 수사 내용과 맞물려 있어 여기에서는 밝힐 수 없다. 다만 갑작스런 인터뷰 요청에도 그는 두 시간 남짓한 시간 동안 적극적으로 우리를 도와주었다. 제보와 관련된 내용을 일부 숨길 수밖에 없는 상황이라는 것도 이해하며, 사건이 발생한 20여 년 전 조직의 상황에 대해 구체적으로 설명해 주었다. Y는 인터뷰 중간에 '내가 남잔데'라는 표현을 자주 썼는데 정말 '남자답게' 물어보는 건 뭐든 다 알려주었다. Y는 나중에 또 궁금한 게 생기면 다른 사람 찾지 말고 바로 본인에게 연락을 달라고 했다. 여기저기 들쑤셔도 어차피 자기에게 보고가 된다면서. 그간 아무도 만날 수 없었던 이곳에서, 이 구역의 보스와 언제든 소통할 수 있다는 것은 취재 중인 우리에겐 매우 편리한 일이었다. 그렇게 긴 인터뷰를 마치고 새벽 늦게야 무사히 숙소로 돌아왔다.

　이후 취재 과정에서 살인 사건의 배후를 확인하는 데 꼭 필요한 공문서도 제보로 확보했다. 알고 보니 Y가 직접 자료를 챙겨서 다른 사람을 통해 보내준 것이었다. 그뿐 아니라 다른 조직원이 직접 우리 사무실에 제보 전화를 걸어왔고 심지어 라이벌 조직의 조직원도 인터뷰를 자청해 왔다. 여러모로 막막했던 취재에 물꼬를 트게 해주었던 Y와의 인터뷰.

첫 방송이 나간 이후 우리는 다시 만났다. 이번에는 대낮에 동네 카페에서 만나 아이스티를 마셨다. 동네 아저씨 같은 옷차림으로 나온 Y는 방송 잘 봤다며 구체적인 내용을 알려주었으면 더 많은 도움을 줄 수 있었을 것이라 했다. 나는 우리 일의 특성상 구체적인 걸 다 밝힐 수 없었고, 그와 별개로 충분히 큰 도움을 주셔서 진심으로 감사하다는 인사를 드렸다. 우린 그렇게 사건에 대한 대화를 나누었고 한 시간 뒤 Y는 우리가 선물로 준 SBS 벽걸이 시계를 들고 자리를 떠났다. 이후로도 한동안 사건 취재에 대한 도움이 필요할 때마다 종종 그와 연락을 주고받으며 지내게 되었다.

'남자답게 물어보면 남자답게 답해준다'라는 말은 유명한 짤이 되었다. 사람들은 그 말을 재밌어했고, 동료 피디들마저 '남자답게'라는 표현이 밤의 세계를 여는 치트키 같은 거냐고 놀려댔다. 방송에선 내가 세상 당당한 척 '남자답게' 물어보고 '남자답게' 인터뷰한 것처럼 말했지만, 사실 그때 당시엔, 너무 무서웠다. 아마 산전수전 다 겪은 취재 전문 피디가 동행하지 않았다면 그날 밤 인터뷰를 하지 못하고 바로 서울로 도망쳤을 것이다.

이렇게 쫄보인데 왜 지금까지도 이 일을 하고 있는 건지 모르겠다. 난 '정의의 사도'가 아닌 그저 회사원에 불과한데 말이다. 하지만 회사가 시키면 또 어디든 달려가 열심히 일해야겠지? 나에겐 목숨 걸고 일할 용기를 북돋아 주는 고금리 시대의 대출이자와 쌓여가는 카드 결제대금이 있으니까. 하·하·하.

대프리카
정글에서 1

"이피디, 니 어디고? 빨리 안 올끼가?"

어디서 저렇게 나를 부르는 건지, 보이는 건 빽빽한 나무뿐
인데 어디로 가야 할지 전혀 감이 오지 않았다. 소리가 들리
는 방향은 남동쪽 같은데 그쪽은 절벽 같은 비탈이었다. 짐승
들이나 다닐 법한 그곳엔 사람이 다닐 수 있는 길은 전혀 없
었다. 빽빽한 나무 사이로 유전자변형GMO 상추 같은 초대형
풀만 싱그러운 잎을 뽐내고 있었다. 이미 힘이 다 빠져 손은
달달 떨리고 다리마저 후들후들했지만 피디 체면상 안 가고

포기할 수 없는 노릇이었다. 결국 풀과 나무 사이에 엉덩이를 깔고 눈을 딱 감은 채 썰매를 타버렸다. 돌맹이와 나뭇가지 등 온갖 자연의 것들이 엉덩이를 마구 찔러대는 동안 이렇게 생각했다. 부디 뱀이나 독침을 가진 벌레가 있더라도 서울에서 온 월급쟁이를 불쌍히 여겨 모른 척하는 자비를 베풀어 주길. 새로 장만한 나의 청바지 섬유들도 한마음 한뜻으로 똘똘 뭉쳐, 터지지 않고 무사히 나의 피부를 지켜주기만 바랐다.

아, 이럴 줄 알았으면 그때 그를 찾아가지 않는 건데. 풀 썰매를 타는 내내 나대고 다닌 스스로를 자책했다.

"그러니까 내랑 같이 사건 현장을 찾아가자고? 이피디, 오늘 밖에 몇 도인지 알고 말하는 기가?"

모 경찰서 형사과에서 만난 A형사님은 나를 보자마자 더위 먹고 실성한 사람 취급을 했다. 그때가 여름, 그냥 여름도 아니고 역대급 더위에 기상청 최고 기온을 매일 갱신 중이던 7월 중순이었다. 게다가 그곳은 '대프리카'라고 불리는 한국 최고의 더위를 자랑하는 대구. 그곳에서 나는 A형사님께 한 살인 사건의 현장에 데려가 달라고 부탁드렸다.

십수 년 전, 한밤중에 초등학생 여자아이가 집에 침입한 괴한에게 납치되었다. 출동한 경찰이 아이를 찾기 위해 온 동네를 수색했지만, 안타깝게도 며칠 뒤 야산에서 시신으로 발견되었다. 특이한 점은 아이의 옷가지는 시신이 발견된 장소에서 조금 떨어진 다른 곳에서 발견되었다는 것이다. 시신과 옷가지를 발견했음에도 범인의 흔적은 발견되지 않았다. 결국이 끔찍한 범죄는 미제 살인 사건으로 남고 말았다.

그때 당시 나는 피해자 유족의 도움으로 사건을 취재하고 있었다. 방송을 한다고 범인이 검거된다는 보장은 없었다. 하지만 혹시 모를 추가적인 제보를 기대하며 취재를 진행했다. 범죄가 일어났던 마을은 신도시로, 모든 풍경이 바뀌어 있었다. 하지만 그곳에 살고 있는 사람들은 여전히 사건을 기억하고 있었다. 그들이 하나같이 하는 말은 범인은 분명 이 동네를 잘 알고 있는 사람이란 것이었다. 당시엔 가로등도 없는 시골 동네였다. 오밤중에 아이를 납치해 야산까지 올라간 것으로 볼 때 분명 외지인은 아닐 거라고 했다. 합리적인 추정이었다. 이를 뒷받침하려면 사건 현장에 직접 가봐야 했다. 취재를하며 당시 사건 현장으로 가는 약도나 관련 사진을 확보했고, 그걸 들고 직접 야산으로 찾아가 보았다. 산은 분명 사진 모습 그대로인데 당시 약도에 나와 있는 산길을 도저히 찾을 수 없었다. 신도시 건설로 몇몇 마을이 해체되면서 산을 오르는 사람이 줄다 보니 등산길마저 사라져버린 듯했다. 얼추 방향만 잡고 들어가면 길이 나올 수 있다는 생각에 5분 정도 무작정 들어가 보기도 했다. 하지만 거대한 덩굴이 번번이 앞을 가로막았다. 우거진 수풀이 하늘마저 가려버려 도저히 방향을 잡을 수 없었다. 그 시절 현장을 무수히 찾아간 사람의 도움이 필요했다. 그래서 당시 수사를 담당했던 A형사님을 찾아가게 된 거였다.

"그 사건만 생각하면 지금도 피가 거꾸로 솟는다니까. 범인은 정말 나쁜 새끼야. 그 자식 잡고 은퇴해야 하는데. 정말 피해자 가족들 뵐 면목이 없지."

몇 년간의 수사에도 성과가 없자 결국 담당 수사팀이 해체되었지만 A형사는 여전히 사건을 포기하지 않았다. 혹시라도 수사할 방법이 떠오르지 않을까 싶어 이후에도 사건 현장을 무수히 찾아갔다는 A형사. 이제 곧 은퇴를 앞둔 그는 무릎 건강이 좋지 않아 치료를 받고 있음에도 사건에 대한 제보를 받아보겠다는 우리를 위해 동행하기로 했다. 그것이 안타깝게 세상을 떠난 피해자와 유족들에게, 범인을 잡지 못한 형사로서 당연히 해야 할 의무라고 힘주어 말했다.

　40도에 육박하는 날씨에 산을 오르는 게 쉬운 일은 아니기에 아침 7시에 야산 앞에서 만나기로 했다. 형사님은 한두 시간이면 다녀올 거리이긴 하지만 혹시 모르니 완벽하게 준비해서 오라고 신신당부하셨다. 우린 마트에 들러 쿨 토시에, 쿨 스카프까지 더위 관련 제품을 모두 구입해 장착하기로 했다. 숙소 앞 편의점 사장님께 부탁해서 생수 스무 병도 얼려두는 만반의 준비를 끝낸 뒤, 체력을 충전할 겸 모두 일찍 잠자리에 들었다.

　다음 날 새벽, 숙소 주차장에 모인 제작진은 나와 조연출, 카메라 감독, 그리고 오디오맨이라고 부르는 카메라 보조까지 총 네 명이었다. 최소한의 배터리와 장비로 중무장한 우린, 편의점에서 얼려준 생수를 챙겨 산으로 향했다. A형사님은 이미 야산 앞에서 기다리고 계셨다. 무슨 생수를 이렇게 많이 가져왔냐며 놀리시던 형사님은 해가 올라오기 전에 얼른 다녀오자며 서둘러 앞장서셨다.

　생각보다 야산은 경사가 심하지 않았고 산책 삼아 다닐 법한 동네 뒷산 수준이었다. A형사님은 이 산이 익숙하신 듯 자연스럽게 앞으로 나아갔다. 다만 인적이 드문 곳이다 보니 수시로 길이 끊어졌고 우거진 덩굴과 가시나무가 우리 앞을 막기도 했다. 하지만 오히려 그늘이 많아 더위도 버틸 만했다. 그렇게 30분 정도 걸었을 무렵 우린 피해자의 옷이 발견된 현장에 도착했다. A형사님은 시신이 발견된 현장과 이곳이 꽤 떨어져 있기 때문에 범인이 범행을 저지른 뒤 돌아가는 길에 옷을 유기했을 가능성이 높다고 하셨다. 도주하는 중에 옷을 버렸다면 범인은 그 위치를 미리 계산했을 가능성이 높다. 한밤중에 산에서 살인을 저지르고 피해자의 옷마저 유기한 채 사라진 범인. 이 길을 따라 도주한 범인은 어디로 사라진 걸까.

피해자 시신이 발견된 현장에 빨리 가보고 싶어졌다. 그곳에 가면 현장 사진과 약도만으로는 알 수 없는 것을 체감하게 되겠지. 목을 잠시 축이던 A형사님은 앞으로 곧장 걸어가 언덕 같은 능선 하나만 넘으면 현장에 도착한다고 하셨다. 현장이 주는 묘한 긴장감 때문에 흥분 상태가 된 우린 더위도 잊은 채 점점 깊은 산속으로 이동했다.

10분 정도 걸었을까? 수풀이 더 빡빡해지면서 길처럼 보이는 건 아무것도 없었다. 아마존 정글을 돌아다니는 것 마냥 두 손으로 초록색 생명체를 밀어내며 한 걸음씩 떼고 있었다. 정말 쉽지 않은 이동이었다. 특히 카메라를 든 카메라 감독과 커다란 삼각대를 어깨에 멘 오디오맨은 숨쉬기도 힘든지 간간이 콜록거렸다. 하지만 조금만 더 가면 도착할 거라는 형사님 말만 굳게 믿고 계속 숲속으로 전진했다.

우리를 이끌던 A형사님은 빽빽한 수풀이 끝나는 지점에 멈춰 섰다.

"형사님, 여기가 사건 현장이에요?"

"아니, 요 위에 나무 저거 보이재? 저거만 뚫고 넘어가믄 끝인데 말야. 내는 갈 수 있긴 한데 이 피디 느그 팀 저기까지 올라올 수 있겠나?"

내려갔다 다시 올라가야 하는 U자 형태의 계곡 같은 길이 정면에 있었다. 문제는 그 길이 통째로 밀림 같은 커다란 수풀에 덮여 있다는 것이었다. 수풀 사이를 헤엄치듯 걸어갈 수 있겠냐며 걱정하는 형사님께 난 호기롭게 말씀드렸다. 지구상에서 안 가는 곳이 없는 방송국 피디와 카메라 감독에게 이 정도 장애물은 전혀 문제가 되지 않는다고. 그렇게 웃으며 허세를 부리고 있는데 묘하게 뒤통수가 따가웠다. 돌아보니 여섯 개의 눈동자가 나를 쩨려보고 있었다. 눈짓으로 이해해달라는 사인을 보냈지만 정색한 그들의 눈은 내게 제정신이냐고 묻고 있었다. 여러분 정말 미안한데 나라고 어쩔 방법이 있겠어? 얼른 끝내고 가자. 이해해줘… 제발….

우리끼리 눈빛으로 육두문자와 사과를 주고받는 사이 A형사님은 U자 수풀 속으로 들어가셨다. 생각보다 길은 아래로 깊었고 수풀은 높게 자라 있었다. 발 디딜 곳조차 없는 늪지대 같은 곳을 온몸으로 밀고 들어가던 A형사님은 이내 수풀 속으로 사라져 버렸다. 푸석거리는 소리만 날 뿐 사람이 보이지 않자 갑자기 무서워져 어느 누구도 따라가지 못한 채 얼어붙었다. 꼭 다른 유니버스로 넘어가는 비밀 통로 같은 느낌이랄까. 들어가면 다신 못 돌아올 것만 같은 그런 기분.

스삭거리는 소리가 점점 멀어지더니 갑자기 사방이 조용해졌다. 진짜 형사님이 다른 세상으로 가버린 건 아닌가라는 생각이 들 때쯤 갑자기 A형사님이 우리 쪽으로 팅기듯 튀어나왔다.

"야, 이피디 이거 안 되겠다. 완전히 길이 없어져 버렸네. 이쪽으로는 절대 못 가고 내려가 저쪽으로 빙 돌아서 올라가자."

형사님은 초록색 풀떼기가 붙은 땀범벅의 얼굴로 포기를 선언하셨다. 그 말이 끝나자마자 우리 스태프들은 뒤도 돌아보지 않고 먼저 내려가기 시작했다. 저렇게나 힘들었을까. 미안해 여러분, 저녁에 고기라도 꼭 쏠게.

올라온 길로 다시 내려간 우린 산 반대편으로 이동해서 잠시 숨을 돌렸다. 그때 시각이 아침 9시경, 온도는 이미 40도였고 얼려온 생수도 사람도 반쯤 녹아 있었다. A형사님은 반대로 돌아와서 다시 길을 찾아봐야겠지만 감만 잡으면 금방 도착할 거라며 격려하셨다.

"형사님, 아까처럼 여기 숲속으로 쭉 들어가면 바로 나오는 건가요?"

"에이, 니는 그리 감이 없나? 우리 지금 반대편으로 왔으니까 다시 산 타고 넘어가야지. 저 앞에 철탑 보이제? 저거 딱 두 개만 넘어가면 바로 현장 나올 거니까 놓치지 말고 잘 따라와 봐."

야산의 능선 봉우리마다 세워져 있는 철탑, 그중 두 번째 철탑 뒤가 사건 현장이라고 했다. 산 아래에서 보기에 철탑 위치는 높지 않았다. 철탑 인근은 이미 나무와 풀이 정리되어 흙길이 만들어져 있었다. 금방 다녀올 수 있을 것 같은 거리에 카메라 감독도 의욕을 보였다. 그 모습에 담당 피디로서 고마웠던 나는, 현장에서 최소한의 촬영만 한 뒤 빠르게 철수하겠다고 굳게 약속했다.

반대편 숲길은 생각보다 깔끔했다. 경사가 좀 있긴 했지만 장비를 들고 충분히 걸을 수 있는 수준이었다. 다만 점점 더워지는 날씨에 들숨과 날숨 모두 뜨겁게 데워져 있었고 사우나 수준의 높은 습도에 옷은 땀으로 끈적끈적하게 젖어들었다. 하지만 눈앞에 철탑이라는 목표가 뚜렷하게 보이니 충분히 버틸 만했다. 그렇게 첫 번째 철탑까지 빠르게 도착했다.

멀리서 볼 때는 깔끔하게 정리된 철탑이 편안해 보였지만 나무와 풀이 하나도 없는 민둥산이다 보니 해를 피할 그늘이 없었다. 뜨거운 태양이 정수리를 수직으로 강타했고 살짝 불어오는 바람에 흙마저 뜨겁게 날리니 사막 한복판에 서 있는 기분이었다. 이대로 아이스크림처럼 녹아내려 소멸하는 건 아닐까? 원래 이 세상에 없었던 것처럼 우리 모두가 증발하겠지? 이번 방송은 〈그알 제작진 실종 사건〉이라는 제목으로 나의 〈그것이 알고 싶다〉 유작이 되려나?

철탑 옆 바위에 서서 턱도 없는 상상을 하고 있는데 저 아래에서 올라오는 한 사람이 시야에 들어왔다. 커다란 삼각대를 짊어진 오디오맨이었는데 그는 멀리서 보기에도 이미 동공이 풀려 있었다. 폭염 속에 저 사람을 그대로 두면 안 되겠다 싶어 카메라 감독과 상의를 했다. 카메라 감독은 삼각대 없이 촬영할 수 있으니 그를 내려 보내자고 했다. 우린 이미 다 녹아버린 생수를 그의 손에 쥐어주며 충분히 쉬다가 조심히 하산하라고 한 뒤 다음 철탑을 향해 다시 발걸음을 옮겼다. 철탑 사이 능선에도 간간이 나무가 있었지만 작열하는 태양은 스포트라이트처럼 우리를 졸졸 따라왔다. 피할 수 없는 뜨거움 속에서 모두 묵묵히 걸었고 목이 타들어 가다 못해 따끔거릴 때쯤 두 번째 철탑에 도착했다.

옷이 땀에 절다 못해 쥐어짜면 물이 뚝뚝 떨어질 지경이었다. 모두들 물을 마시고 싶어 했지만 그 많던 생수가 하나도 보이지 않았다. 생수 담당이었던 내가 더위에 정신줄을 놓고 첫 번째 철탑 아래에 전부 놓고 와버린 것이다. 결국 사막에서 길 잃은 유목민처럼 타는 목마름을 느끼며 모두가 철탑 옆 바위 위에 반쯤 드러누웠다. 하지만 형사님은 달랐다. 아직 체력이 남았는지 사건 당시 야산 전체를 수색했던 무용담을 끊임없이 들려주셨다. 카메라 감독만이 겨우 자세를 잡고 그 모습을 찍었다. 하지만 그게 마지막이었다. A형사님의 말이 끝나자마자 결국 카메라 감독도 방전되어 뻗고 말았다. 오디오맨 없이 카메라, 배터리 등 모든 장비를 메고 오느라 체력이 다한 거였다. 어떻게든 완주하겠다는 의지를 보였지만 열사병 직전인 그를 데려가는 것은 무리였다. 카메라 감독도 결국 중도 하차했다. 조연출이 들고 온 6mm 카메라 한 대에 모든 것을 걸기로 했다.

기온이 42도를 넘었다. 극한의 날씨였지만 여기까지 온 이상 포기할 수 없었다. 조연출과 나는 이를 악 물고 점점 깊숙한 숲속으로 들어가는 형사님을 따라갔다. 우리의 기대와 달리 형사님은 자꾸만 가던 길을 되돌아오셨다. 산행을 세 시간 넘게 하다 보니 그도 지친 나머지 방향을 헷갈렸다. 형사님이 길을 찾는 동안 우린 바닥에 앉아 잠시 기다리기로 했다. 엉덩이를 바닥에 대고 널브러졌지만 장딴지 근육의 떨림은 멈추지 않았다. 조연출 역시 안경에 묻은 땀방울을 연신 닦아내며 말없이 숨만 색색거리고 있었다.

모두가 극한에 다다른 상황, 계속 촬영을 진행하는 것이 피디로서 과한 욕심이 아닐까 하는 생각이 들자 많은 선배 피디들의 얼굴이 머릿속을 스쳐 지나갔다. 선배들이라면 이 상황에서 어떻게 했을까? 어떻게든 촬영을 밀고 나갔을까, 아니면 모두를 위해서 후퇴하자고 했을까? 누군가에게 물어보고 싶었지만 이 산 속에서는 내가 모든 결정을 내려야만 했다. 책임감과 부담감 사이, 고민 끝에 내린 결론은 촬영 중단이었다. 이대로 사건 현장을 찾다가 누군가는 산에서 더위를 먹고 쓰러질 게 분명했다. 그렇게 여기저기 민폐 끼치다 119 헬기에 실려 병원으로 후송될 바에야 여기서 접는 게 낫겠다 싶었다. 나중에 다시 산에 올지, 다른 촬영으로 대체할지는 내려가서 정신 차리고 해도 될 고민이었다. 그렇게 중대한 결심을 내리고 철수하자는 말을 하려는데 좀 전까지 옆에 계시던 형사님이 보이지 않았다. 조연출은 그가 또 어딘가로 걸어갔는데 그 뒤로 오지 않고 있다고 했다.

촬영을 접을 생각인데 이렇게 갑자기 사라지시면 우린 어떻게 하나요? 형사님… 혹시 어디 쓰러져 계신 건 아니죠?

대프리카
정글에서 2

　"이피디, 빨리 안 올끼가?"

　쓰러지긴…. 우렁찬 목소리가 메아리처럼 산 전체에 울렸다. 돌아가겠다고 어렵게 마음먹은 이상 이대로 철수하고 싶었다. 근데 저 목소리에 대답하면 철수를 못할 것만 같았다. 그래서 나도 모르게 숨소리까지 낮춰가며 못 들은 척해버렸다. 그러자,

　"야, 니 대답 안 하나? 사건 현장 찾았는데 퍼뜩 안 올래!"

　사건 현장을 찾으셨다는 말에 순간 정신이 번쩍 들었다. 아,

피디의 본분을 다해야지요. 지금 바로 갑니다. 근데 대체 어디
계신 건가요?

"그냥 내려 와. 쭉 내려오면 길 같은 게 보여. 그 길 따라오면
내 얼굴 바로 보인다이."

그냥 내려오라고 하셨지만 거긴 그냥이라고 표현하기엔 너
무 울창했다. 내 앞엔 절벽 같은 경사의 큰 비탈이 있었다. 그
곳엔 정글 같은 수풀과 나무가 어우러져 자연이 그 아름다움
을 맘껏 뽐내고 있었다. 사이사이 흙길이 있는 듯했지만 워낙
초록색이 빡빡해서 잘 보이질 않았다. 지금까지 지나온 길 중
에 가장 고난이도의 구간이었다.

일단 발은 뗐으나 몸은 제자리였다. 이미 온몸에 힘이 다
풀려서 가다가 넘어질 것 같은 본능적인 두려움이 느껴졌다.
하지만 내일 모레 정년퇴직을 앞둔 형사님이 기다리시는데 서
울에서 온 방송국 놈들이 안 갈 재간이 없었다. 생각해 보면
여기도 내가 오자고 해서 온 것 아닌가?

지팡이 삼을 만한 나뭇가지라도 찾아보려 이리저리 살피
는 동안 조연출이 용감하게 내려가기 시작했다. 이십 대라 다
르구나 싶었지만 역시나 그도 얼마 가지 못하고 넘어질 것처
럼 뒤뚱거렸다. 혹시나 넘어질까 걱정스러운 눈빛으로 보고

있는데 갑자기 그가 몸을 낮췄다. 그러더니 들고 있던 6mm 카메라를 지팡이처럼 쓰며 땅을 짚고 내려가는 것이 아닌가? 세상에, 카메라를 바닥에 문대며 기어가다니! 절대 있을 수 없는 일이었다. 저승에 불려 가더라도 일단 찍고 봐야 하는 게 피디의 숙명이다. 그래서 비가 오건 눈이 오건 사람은 젖더라도 온몸으로 지켜야 하는 것이 카메라라고 배웠다. 더군다나 지금은 카메라 감독마저 중도 하차해서 조연출이 가지고 있는 6mm 카메라가 유일한 촬영 장비였다. 근데 그걸 지팡이처럼 쓰다니!

하지만 이상하게도 조연출의 모습에 화가 나긴커녕 오히려 부러웠다. 촬영을 사명으로 생각해야 할 피디로서는 부끄러운 얘기지만 솔직히 그땐 그 카메라가 너무 갖고 싶었다. 나도 저런 카메라 하나 있으면 땅을 짚으며 안전하게 내려갈 텐데. 혹시 조연출 님아, 내려가서 카메라를 위로 던져줄 수는 없으… 아니야, 아니야, 그럼 나중에 회사 돌아가서 진짜 혼날지도 몰라. 그러진 말자.

방법이 없다. 결국 경운기처럼 달달 떨리는 몸을 이끌고 한 발 한 발 내려갔다. 하지만 이미 조종간이 고장 난 다리는 무의식적으로 자꾸만 후진을 하려 했고 그러다 결국 넘어져 버렸다. 궁둥이를 깔고 주저앉자 내 의사와 상관없이 온몸이 썰매 타듯 밑으로 내리 꽂히기 시작했다. 크고 작은 돌부리가 허벅지와 엉덩이를 찔러댔다. 간간이 가시 같은 풀줄기가 바지 사이를 뚫고 들어왔다. 하지만 그저 중력에 온몸을 맡길 뿐이었다. 부디 전갈이나 뱀 같은 무서운 친구들이 나를 찌르지 않기를. 출장 전 새로 산 청바지가 잘 버텨주어 부디 팬티 바람으로 하산하지 않기를. 촬영이고 뭐고 그저 살아서 사랑하는 나의 스위트홈으로 돌아갈 수 있기를.

통나무처럼 덜컹대며 굴러 내려오는 나를 조연출이 무사히 받아주었다. 다행히 피가 나는 곳은 없었다. 누렇게 변한 바지도 찢어진 곳은 없는 듯했다. 몸 여기저기를 확인한 뒤 조연출은 문제없다는 듯 카메라를 들어 내게 보여주었다. 그렇게 살아서 다시 만난 우린 잠시 서로를 애틋하게 바라보다 오솔길을 따라 말없이 걷기 시작했다. 2~3분 정도 길을 따라 걸었을 무렵, 저 멀리 나무에 기대 우리를 기다리는 A형사님이 보였다.

"여기 나무 아래가 피해자가 사망한 채 발견된 장소야. 잔인한 새끼, 그놈을 꼭 잡았어야 했는데."

오솔길 아래, 커다란 나무들 사이의 공간이 보였다. 한눈에 보기에도 현장 사진에서 보던 그 장소임을 알아챌 수 있었다. 10년이 넘는 시간이 흘러 산 아래 마을은 재개발로 사라졌고 숲마저 우거지며 길을 지워버렸다. 하지만 현장만큼은 긴 세월을 피한 듯 그때 그대로 보존되어 있었다.

먼저 피해자를 위한 묵념을 올렸다. 심장이 따끔거렸다. 뒷목이 저렸고 인중이 당기도록 코가 찡해졌다. 잔인한 범죄를 저지른 범인에 대한 분노와 피해자에 대한 안타까운 감정으로 마음이 소용돌이쳤다. 24시간 넘치는 열정으로 거침이 없던 A형사님도 현장에서만큼은 숙연해지셨다. 사건을 해결하지 못한 형사의 죄책감 때문이리라.

"여기 한 번이라도 와보면 형사가 아니라도 다 알 거예요. 범인은 분명 이 마을과 산을 잘 아는 사람이에요. 그게 아니라면 여기까지 와서 시신을 유기하고 다른 길로 내려가면서 피해자의 옷을 버리고 도주할 수가 없어요."

조연출은 형사님의 담담한 인터뷰를 6mm 카메라로 찍었다. 변하지 않은 현장의 모습도, 우리가 느낀 분노, 슬픔 등 미묘한 감정도 카메라에 오롯이 담았다. 범인은 누구일까. 무슨 이유로 어린 아이에게 이토록 끔찍한 일을 저지른 것일까. 답을 알 수 없는 의문 속에 촬영은 끝났지만 한동안 그 자리를 떠나지 못했다. 뜨거운 열기보다 미제로 남은 사건에 대한 답답함을 더 견딜 수 없었으니까.

정확히 낮 12시가 되었을 때 산을 내려왔다. 카메라 감독과 오디오맨이 시원한 생수를 들고 장장 다섯 시간의 정글 탐험을 끝낸 우릴 기다리고 있었다. 우리의 여정은 생각보다 길고 힘들었지만 다행히 다친 사람 없이 잘 마무리되었다. 우린 철탑을 바라보며 '대프리카'의 더위에 대한 감상을 짧게 나눴다. A형사님은 급한 일이 생겼다며 점심을 같이 하자는 제안을 거절하고 경찰서로 달려가셨다.

녹초가 된 우린 말없이 근처 냉면집으로 갔다. 모두 한 마음 한 뜻으로 물냉면 곱빼기를 통일해서 시켰다. 추가로 시킨 찐만두는 어느 누구도 쉽게 손대지 않았다. 차가운 에어컨 바람의 행복을 만끽하며 말없이 젓가락만 움직였다. 그 사이 식당 벽에 걸려 있던 티브이에서는 마침 학교를 같이 다니던 형이 나오고 있었다. 모 뉴스 채널 앵커가 된 그 형은 날 똑바로 보며 이렇게 말했다.

"오늘 전국에 살인적인 폭염으로 온열질환자가 급증하고 있습니다. 이에 정부는 오늘 일사병 등 더위로 인한 환자가 발생할 경우 산업재해로 인정할 것이라는 내용을 발표하였습니다. 자세한 소식은 ○○○ 기자가 전해드립니다."

형의 말이 내 귀엔 이렇게 들렸다. 동원아, 오늘은 밖에서 일하면 무조건 산재야. 너네 팀은 큰일 날 뻔한 거라고. 아, 나 지금 죽다 살아난 거구나. 그렇다면 오늘은 무조건 일을 그만해야겠다.

촬영을 끝내자는 말에 스태프들은 그날 처음으로 웃었다. 숙소로 돌아가 찬물로 샤워를 하고 에어컨이 켜진 방에 홀로 누웠다. 하루 만에 천국과 지옥을 오간 느낌이었다. 이대로 잠들어 깨어나지 않아도 좋을 것 같다고 생각할 때쯤 갑자기 전화가 울렸다. 몽롱한 행복을 잃기 싫어 고개를 돌려 외면했다. 하지만 진동이 울리고 또 울렸다.

"이피디, 어디고? 오후에 내가 잠깐 시간이 나는데 인터뷰 안 할 기가? 나중에 하기로 한 거 오늘 한방에 하고 끝내버리게. 지금 감독님하고 카메라 들고 경찰서로 온나."

아직도 체력이 남으신 에너자이저 A형사님. 열정적으로 인터뷰를 제안하시는 그에게 '오늘은 대통령도 덥다고 일하지 말라고 한 날이니 형사님께서도 이제 그만 쉬시지요'라고 말하고 싶었지만 차마 입이 떨어지지 않았다. "당장 출발하겠습니다!"라고 말씀드린 뒤 떨리는 손으로 조연출, 카메라 감독, 그리고 오디오맨에게 차례로 전화를 걸었다.

"잘 쉬고 있니? 저… 저기, 다른 게 아니라 형사님이 오후에 인터뷰가 된다는데…."

"…."

"여보세요…? 저기… 듣고 있니…?"

10분 뒤 주차장에 모인 그들 앞에 나는 공손히 두 손을 모아 굽실거렸다. 말없이 담배를 태우다 차에 오르는 그들 뒤에서 이렇게 외쳤다.

"인터뷰 금방 끝나니까, 이거까지만 하고 무조건 쉬자. 저녁에 고기 쏠게. 삼겹살 어때? 아니면 대구니까 막창은?"

아무도 대답하지 않았다. 그래도 경찰서에 도착하자 모두들 프로답게 A형사님과의 인터뷰를 두 시간 동안 알차게 촬영했다.

진짜 촬영을 마친 뒤 미소를 잃어버린 그들을 데리고, 아니 모시고 삼겹살도 막창도 아닌 소고기 집으로 향했다. 지글거리는 불판에 도톰한 고기 한 점이 올라가자, 이내 모두의 얼굴에 생기가 돌았다. 역시 진심 어린 사죄(?)에는 한우만 한 게 없는 것 같다.

타짜의 손은 카메라보다 빠르다

비가 추적추적 내리던 어느 날, 창고 같은 작은 사무실에 한 남자와 마주앉았다. 그 남자는 자신이 겪은 일을 털어놓고 있었다. 일정한 톤으로 담담히, 꾸밈없이 털어놓고 있었지만 여전히 트라우마에 시달리는 듯 한쪽 볼이 일그러지고 손마저 떨렸다.

"음… 제가 무슨 말을 하고 있었죠?"

알츠하이머 환자처럼 순간적으로 자신이 하던 말을 잊어버린 그는 결국 일어나 하얀 통을 들어 입속으로 알약 몇 개를 털어 넣었다. 그날을 떠올릴 때면 몸이 말을 듣지 않는다고 했다. 여러 병원을 찾아다녔지만 병명조차 알아내지 못했다. 다만 어딜 고쳐야 하는지는 모르지만 왜 이렇게 됐는지는 정확히 알고 있다고. 그건 바로 오래전 그들에게 '설계' 당했기 때문이라고 했다. 그러곤 찡그린 얼굴로 담담히 말을 이어가기 시작했다.

이 남자, 제보자 K는 한때 잘나가는 사업가였다. 손대는 사업마다 대박이 났고 마음먹은 건 뭐든 할 수 있을 정도로 많은 자산이 쌓였다. 출근용 고급 외제차, 저녁 나들이용 스포츠카, 주말에 가족과 놀러 다닐 때 타는 대형 고급 벤까지 차도 종류별로 구입해서 타고 다녔다. 더 바랄 것도 아쉬울 것도 없는 정말이지 마음껏 누리는 삶이었다.

그러던 어느 날, 동네에서 한 친구를 만나게 되었다. 친구는 누구보다 K의 마음을 잘 이해해 주었다. 다른 지인들처럼 돈을 빌려달라는 말도 하지 않았고 취미나 식성도 완벽하게 똑같았다. 둘은 매일 같이 어울렸고 세상 누구보다 가까운 친구가 되었다. K와 친구는 자주 가던 단골 식당에서 옆 테이블에 앉은 한 여성과 대화를 나누게 되었다. 처음부터 말이 잘 통했던 그 여성을, 며칠 뒤 그들의 다른 단골 식당에서 또 마주쳤다. 우연은 인연이 되어 급속도로 가까워졌고 얼마 뒤 K

와 친구는 여성의 집에 초대를 받게 되었다. 여성은 고급 아파트에 살고 있었는데 가전제품이며 가구며 모든 게 다 최고급으로 꾸며져 있었다. 여성과 함께 살던 어머니가 손수 식사를 차려주었는데 놀랍게도 그 밥상마저 K가 좋아하는 음식으로만 채워져 있었다.

식사를 마치고 가볍게 술 한잔하다가 친구는 K에게 재미 삼아 고스톱을 치자고 했다. K는 도박을 잘 몰랐지만 분위기를 맞출 겸 응하게 되었다. 그런데 운 좋게 K가 모든 돈을 다 따게 되었다. 돈을 따고 머쓱했던 K는 며칠 뒤 그 여성의 집에 또 모여서 놀자는 제안을 거절할 수 없었다. 다시 그 집에서 고스톱을 치다 이번엔 K가 돈을 잃게 되었다. 그런 K에게 다른 이들이 돈을 빌려주었고 그러면서 판돈도 점점 높아졌다. 그런데 이상하게도 고스톱을 치면 칠수록 K는 점점 나른해졌다. 집중력도 떨어지고 말도 어눌해지는 듯했다. 잠이 든 건 아니었지만 구름을 타고 있는 것처럼 몽롱했다. 그러다 정신을 차렸을 땐 이미 고스톱으로 수십억 원을 잃은 뒤였다.

충격을 받은 K는 혼자 끙끙 앓으며 며칠 동안 집 밖을 나오지 못했다. 처음에는 잃은 돈 때문에 사업에 지장이 생길까 봐 전전긍긍했다. 그런데 생각하면 할수록 모든 상황이 부자연스럽게 느껴졌다. 다른 이의 도움을 받아 알아보던 K는 자신이 사기도박의 피해자였음을 뒤늦게 깨달았다. 그 여성과 어머니는 모녀지간이 아니었고 여성의 집마저도 K를 속이기 위해 철저히 준비된 세트였다.

K는 그들에게 연락해 돈을 돌려주지 않으면 사기도박으로 신고하겠다고 말했다. 그러자 그들은 모처 다방에서 돈을 돌려주겠다고 했고 함께 고스톱을 친 친구와 약속 시간에 맞춰 그 자리에 나갔다. 하지만 도착한 다방에 그들은 없었고 오히려 같이 간 친구가 영문을 알 수 없는 몸싸움을 걸었다. 다행히 다방 사장의 신고를 받고 출동한 형사가 K를 구해주었다. 그런데 출동한 형사가 K의 바지 주머니에서 마약을 발견했다며 수갑을 채웠다. 그 길로 그는 구속되어 구치소에 수감되었다.

K는 하루아침에 마약 전과자가 되었고 결국 건강과 재산을 모두 잃은 채 폐인이 되고 말았다. 이 모든 것은 친구가 그에게 접근하던 그날 시작된, 그의 재산을 목표로 철저하게 '설계'된 사기도박판의 결과였다. 단골 식당에서 여성을 만난 것도, 여성의 어머니가 K가 좋아하는 음식을 준비한 것도 다 짜인 각본대로였다. 심지어 K가 체포되던 날 112에 신고한 다

방 사장도, 현장에 출동한 형사까지도 이 연극을 위해 섭외된 배우들이었다.

이미 십수 년이 지난 상황에서 K가 바라는 것은 오직 명예 회복뿐이었다. 잃은 돈을 생각하면 여전히 가슴 한편이 쓰리지만 그것보다 더 견디기 어려운 것은 마약 전과자라는 낙인이었다. K는 이제 성인이 된 자식들에게 떳떳한 아버지가 되고 싶다고 했다. 그는 어렵게 재심을 준비해서 청구했고 나는 취재를 하며 그의 명예 회복 과정을 함께하게 되었다.

수소문 끝에 K를 '작업'한 사기도박 조직원 중 일부를 만날 수 있었다. 도박과 마약 혐의로 교도소를 밥 먹듯 드나드는 그들은 생각보다 쉽게 인터뷰에 응해주었다. 카메라가 켜져 있어도 전혀 거리낌이 없었다. 묻는 모든 말에 답해주었고 불리한 질문에도 피하거나 돌려서 말하지 않았다. 내가 항상 꿈꾸는 자연스러운 인터뷰 그 자체였다. 하지만 며칠 더 취재한 뒤 알게 되었다. 그들의 자연스러움은 진실이 아니었다는 것을. 그들은 수십 년간 도박판을 거치며 패를 숨기고 남을 속이는 데 능한 사람들이었다. 게다가 형사나 검사 앞에서 조사를 수십 번씩 받다 보니 카메라 앞에서 말하는 것도 거리낌이 없었던 것이다. 숨 쉬는 것 빼곤 다 거짓말인, 연기가 몸에 밴 프로도박꾼을 상대하기에 피디 이동원은 너무 순진했다.

매번 인터뷰로 들은 내용에 대한 팩트 체크를 새로 했다. 그걸 듣고 다시 도박꾼을 찾아가 따져 물어야 했다. 하지만 그들은 프로답게 밤낮으로 돈 따느라 바빠서 전화를 안 받기 일쑤였다. 밤샘 도박에 지쳐 어디 사우나에 죽은 듯 잠들어 있기도 했다. 그런 그들의 위치를 어렵게 추적해서 해장국 사 먹여가며 하나씩 취재했다. 한 땀 한 땀 바느질로 천을 잇듯 진실의 조각을 덧대야만 했다.

예상보다 더딘 취재 진도 때문에 그로기 상태에 빠졌을 때쯤, X를 만났다. 사기도박 이면에 숨은 사채업자들에 대해 잘 안다는 X는 압구정에 있는 자신의 사무실에서 만나자고 했다. 알아보니 제법 규모가 있는 사업체였다. 간만에 정상적인 사업을 하는 사람을 만난다는 생각에 기분이 들떴다. 건물 5층 사무실에서 만난 X는 1~4층을 전시장으로 쓰고 있다고 했다. 그는 카페처럼 꾸며진 사무실에서 편안하게 앉아 업계의 비밀을 세세하게 설명했다. 나 또한 느긋하게 앉아 강연 같은 그의 말을 경청하고 있었다.

"누군데 여기서 촬영하시는 겁니까?"

내 등 뒤에서 한 젊은 남성이 어이없다는 표정으로 우릴 쳐

다보고 있었다. 누군데 촬영 중에 방해하나 싶어 발끈하려
는데 X가 웃으며 말했다. 자기는 여기 사장이랑 친구인데 잠
시 사무실을 쓰기로 말해뒀으니 걱정 말라고. 그랬다. 이곳은
X의 사무실이 아니었다. 순진한 나는 또 한 명의 도박꾼에게
속았던 것이다. 더 들을 것도 없다 싶어 인터뷰를 접었다. 스
스로가 한심해서 웃음이 나왔다. 이렇게 멍청하게 매일 속는
데 무슨 진실을 찾는다며 설치고 다니나 싶었다. 이렇게 당할
정도면 피디로서 재능이 없는 게 분명했다. 지금이라도 사표
내고 진지하게 다른 직업을 찾아야 하는 거 아닐까.

　　그러다 문득 호기심이 생겼다. 매일 만나는 이 도박꾼들은
고스톱을 얼마나 잘 칠까? 진짜 영화 〈타짜〉에서처럼 밑장 빼
고 소매에 패 숨기는 기술을 밥 먹듯 할 수 있는 걸까? 직접
보고 싶어졌다. 원래 취재의 목적은 그게 아니었지만 이렇게
밤낮으로 개고생하는데 그 정도 호기심은 충족해도 될 것 같
았다. 시청자들도 이런 걸 궁금해 하지 않을까?

　　사회생활의 바른 미소를 보이며 X에게 친절히 물었다. 오
늘 시간 내주셔서 정말 감사한데 혹시 다른 거 더 보여주실
건 없냐고. '보아하니 프로 도박꾼 같으신데'라는 말은 할 수
없었지만 혹시라도 도박 관련해서 영화 〈타짜〉에 나오는 기술

같은 걸 시연해 주실 수 없냐고 툭 던지듯 물었다.

그는 타짜 같은 사람에 대해서는 들어만 보고 영화에서나 봤지 잘 모른다고 했다. 이번엔 속지 않았다. 거짓말인 게 확실했다. 도박의 기술에 대해 잘 알고 있음이 분명하단 생각이 들자 카메라를 멀리 치우고 하소연하듯 말했다. 사기도박에 관련된 방송을 준비하고 있지만 정작 도박판의 기술을 실제로 본 적은 없다고. 그러다 보니 취재가 겉돌고 있어서 도움이 필요하다고 그들처럼 연기하며 말했다. 영화에서 보던 '탄'이나 '밑장 빼기' 같은 기술을 내 눈으로 직접 봐야 뭐라도 영감을 받아서 취재를 할 수 있을 것 같은데 지금은 그럴 수 없다고. X는 자기도 도와주고 싶은데 도박을 잘 몰라서 도움이 안될 거라며 말을 빙빙 돌렸다.

자꾸 숨기려는 X에게 나는 강하게 승부수를 던졌다. 3주째 도박꾼들을 취재하며 믿을 만한 사람이 하나도 없었는데, 오늘 만난 X선생님은 정말이지 신뢰가 간다고 말했다. 이렇게 진실되고 박식한 분을 뵙게 되어 정말 다행이라고, 한 번만 도움을 주시면 큰 힘이 될 것 같다고 부탁했다. 도박꾼 특유의 뻔뻔한 표정을 대놓고 따라하며 그를 믿는다고 나는, 거짓말을 했다.

"피디님이 그렇게까지 말하면 도와줘야지. 사실 '탄' 같은 거 만드는 건 일도 아니야."

그가 나의 거짓말에 미끼를 덥석 물었다. 제대로 속았는지 시키지도 않은 탄 제조의 역사와 방법을 설명하기 시작했다.

잠시 설명하자면 고스톱은 3점 이상을 따면 이기는 게임이다. '탄'은 정교한 계산으로 화투 패의 순서를 정해놓은 사기 기술을 말한다. '탄'에 정해진 순서대로 패를 받아 고스톱을 치면 그 누구든 질뿐만 아니라 큰돈을 잃게 된다. 이건 타짜도 빠져나갈 수 없는데 단순히 3점 차 패배가 아니라 수백, 수천 점 차이로 지기 때문에 단 한 판만으로 큰돈을 잃는다.

내가 맞장구쳐 주자 X는 신이 나서 모든 걸 술술 읊어댔다. 보통 '기술자'라 부르는 타짜는 은어로 '책'이라 부르는 '탄'의 순서를 적은 작은 수첩을 허리춤에 끼고 다닌단다. 하지만 그건 중수급 이하이며 진짜 고수는 탄의 순서를 머릿속에 외우고 있어 언제든 제조가 가능하다고 했다. 취재를 시작한 이래 처음으로 도박꾼의 진실한 말을 듣는 순간이었다.

X가 탄을 만드는 과정을 꼭 보고 싶었다. 방송을 위해서도, 도박꾼을 섭외해서 진짜 도박의 사기 기술을 취재했다는 만족감을 위해서도, 그리고 내 개인적 호기심을 위해서도 꼭

카메라에 담고 싶었다. X는 카메라 앞에서 시연하는 것도 문제없다며 시간과 장소를 정해서 알려달라고 했다. 오는 길에 편의점에서 화투 패 하나만 사오면 된다고 했다. 예쁜 것도 필요 없고 보이는 거 아무거나 집어오라고.

X를 다시 만나기 전 며칠 동안 또다시 다른 도박꾼들과 속고 속이는 진실게임을 밤낮으로 벌였다. 거짓말쟁이들만 상대하다 보니 극한의 스트레스를 받고 있었다. 세상 모든 게 의심스럽고 불신으로 가득했다. 돈 들여 촬영 장소를 섭외하고 시간까지 마련해 두었지만 이유 없이 X의 모든 게 의심스러웠다. 그래서 편의점 두 곳에 들러 화투 패를 다섯 개나 사갔다. 괜히 그의 말이 의심스러워 시키는 대로 하고 싶지 않았다. 시간 맞춰 도착한 X는 하나만 있으면 되는데 뭐 하러 돈 썼냐며 나를 타박했다. 그러면서 이렇게 말했다.

"오늘 나랑 고스톱 치고 나면 피디님 다시는 어디 가서 도박 못 할 겁니다. 인생에 있어 큰 교훈을 배우는 기니까 평생 감사하며 사세요."

'카메라 앞에 앉으신 것까진 진심으로 감사하긴 한데요, 제 인생에서 오늘을 새기게 될지는 일단 하는 것 보고 결정할게요. 하루 세 번 끼니 때우듯 도박꾼들에게 탈탈 털려서 이제

어떤 것도 믿을 수 없게 되었으니까요.'

　X는 내가 사온 화투 패를 자연스럽게 바닥에 깔고 개수를 확인했다. 그런 다음 천장을 보며 머릿속으로 순서를 떠올리는 듯 하더니 이내 화투 패를 마구잡이로 하나씩 손에 쥐기 시작했다. 정해진 순서대로 정리하는 것 같긴 했는데 워낙 빠르다 보니 대충하는 것 같이 보였다. 패를 전부 손에 모은 다음 그는 날 보고 웃으며 자연스럽게 패를 섞었다.

　'엇, '탄'은 화투 패의 순서를 자신에게 유리하게 짜는 것 아닌가? 저렇게 섞으면 안 될 텐데?'

　그의 행동이 의문스러웠지만 일단 주는 대로 받았다. 고스톱은 원래 세 명이서 치는 도박이다. 우리 제작진은 나와 조연출, 카메라 감독까지 세 명이었다. 고스톱을 치려면 두 명은 이 판에 참여를 해야 했다. 그런데 카메라 감독은 촬영을 해야 하니 참여할 수 없었고 조연출은 고스톱을 칠 줄 모른다고 했다. X와 내가 둘이서 세 명이 치는 고스톱을 쳐야 하는 난감한 상황.

　"괜찮아, 아무 문제없어요. 피디님이 두 명 몫을 하세요. 어차피 두 명이 하든 혼자하든 결과는 똑같아."

　내가 무슨 말을 하든 아무 상관없다며 웃는 X의 표정에 순간 기분이 상했다. 남들 속이는 사기도박 기술을 선보이며 뭐가 잘났다고 비웃는지 순간 화가 치솟았다. 물론 내가 기술을 시연해 달라고 먼저 부탁했지만 기분이 나빠져서 설렁설렁하려던 마음을 고쳐먹었다. 고스톱을 제대로 쳐서 으스대는 X를 망신주고 싶어졌다. 방송 분량이고 취재고 뭐고 이겨먹고 말리라. 그래서 지금껏 나를 속여먹은 도박꾼들에게 받은 스트레스를 다 쏟아버리리라!

고스톱은 한 명당 일곱 장의 패를 받게 되는데 나는 양쪽에 일곱 장씩 깔린 패를 엉덩이 반쪽씩 들썩거리며 확인했다. 좋을 게 하나도 없는 쭉정이 같은 패만 일곱 장이었다. '탄'을 쓰기로 작정하고 세팅했으니 좋은 패가 들어올 리 없었다. 하지만 순서를 교묘하게 계산했다 하더라도 분명 빈틈이 있을 터였다. 그의 계산에서 어긋나게 고스톱 패를 내는 순간 계획이 어그러져 시연은 망치게 될 것이다. 그래, 사기도박꾼을 응징해 주겠어!

고스톱이 시작되었고 왼쪽 패를 쥔 나는 쳐서 딸 수 있는 패가 한 장밖에 없어서 자연스레 그걸 쳤다. 아뿔싸, 첫판부터 싸고 말았다. 참고로 '싼다'라는 고스톱 용어는 패를 먹지 못하고 그 자리에 쌓아놓는 걸 말한다. 그리고 뒤에 같은 무늬 패를 가진 사람이 그걸 전부 가져가면서 추가적으로 상대방의 패를 하나씩 더 가져간다. 처음부터 농락당하고 있었다. 하지만 나에겐 '오른쪽' 일곱 장의 패로 칠 수 있는 기회도 있었다. 고민하다 마음먹고 오른쪽 패 중 하나를 쳤는데 맙소사 이번에도 싸버리며 아무것도 먹지 못했다. 모든 걸 예상했다는 듯, X는 여유롭게 조커를 비롯한 점수를 얻을 수 있는 특수 패들을 처음부터 늘어놓고 자신의 패를 쳤다. 그리고 단 한 턴만으로 3점 이상을 따며 이겨버렸다.

"자, 1고! 이제부터 시작입니다."

학교 다닐 때, 엠티에 가면 친구들에게 고스톱으로 제법 인정을 받기도 했었다. 근데 여긴 공기부터 싸늘했다. 영화 〈타짜〉에서 말한 '비수가 날아와 가슴에 꽂힌다'는 게 이런 기분일까. 난 양쪽 다 한 장도 못 먹었는데 그는 이미 열댓 장의 화투 패를 깔아놓고 있었다. 왼쪽 패로 다시 쳤다. 또 싸고 말았다. 오른쪽도 역시나 아무것도 먹지 못했다. 그는 곧바로 점수를 따면서 2고를 외쳤다. 그렇게 3고, 4고, 5고를 외치는 X의 앞에 수많은 고스톱 패들이 예쁘게 일렬로 나열됐다. 내 앞에는 그 어떤 패도 없었다. 간혹 한 장이라도 먹으면 '폭탄'을 외치며 그나마 있던 한 장마저 그가 가져가 버렸다. '탄'이란 이런 것이었다. 상대방이 누구든지 무기력하게 만들어버리는, 철저하게 설계되어 끝내버리는 무시무시한 사기도박 기술.

돌고 돌아 마지막 순간이 되었을 때 내 왼쪽과 오른쪽에는 '피'라고 부르는 화투 패 한 장씩만 남았다. 고스톱 룰에 따르면 '피박°'이 되면 이긴 사람의 점수는 두 배가 된다. 하지만 '피'가 한 장도 없으면 '피박'을 당하지 않는데 냉정하고도 잔혹한 X는 그것마저 계산해 두었다. '피박'으로 두 배를 따기 위해 마지막에 '피'만 딱 한 장씩 남도록 설계했던 것이다. 시작할 때의 분노와 결심은 사라졌고 알 수 없는 상실감과 무기력감만이 남았다.

실실대며 웃던 초반과 달리 X는 차분한 태도로 본인의 점수를 세어보고 있었다. 화투 패를 너무 많이 가지고 있어서인지 확인하는 데도 한참 걸렸다.

"어디 보자, 피박, 광박, 멍박에 폭탄도 있었고. 그러면 두 배, 네 배, 여덟 배, 열여섯 배, 서른두 배…. 음… 대충 15,000점 정도 나왔네요."

● 진 사람이 가진 '피'의 수가 일정 이하인 경우

15점도, 150점도, 1,500점도 아니고 무려 15,000점이라니! 믿을 수 없었다. 대법원 판례상 도박으로 인정되지 않는 1점당 100원 하는 고스톱을 치더라도 150만 원을 잃은 셈이었다. 만일 1점당 10만 원씩 하는 진짜 도박이었다면 단 한 판으로 15억 원을 잃게 되는 상황이다. 보고도 믿을 수 없는 진짜 사기도박의 세계였다.

의기양양해진 X는 화투 패를 천천히 섞으며 잘 찍혔냐고 카메라 감독에게 물었다. 다시 찍어야 되면 얼마든지 또 칠 수 있다고 했다. 그건 내가 싫었다. 아무것도 안 찍혔어도 얼른 촬영을 끝냈으면 싶었다. 혼자 선지해장국에 소주 한 병 때리고 방구석에 처박히고 싶었다. 시연이었지만 진짜처럼 속이 쓰렸다. 타짜인 줄 알면서도, 사기도박 기술을 보여 달라고 부탁한 것이었는데도 이렇게 씁쓸하고 멍한 기분이 드는 건 대체 왜일까.

X는 실제로 '작업'을 당해서 돈을 잃고 나면 죽고 싶은 생각밖에 들지 않는다고 했다. 아무리 실력이 좋고 경험도 많고 돈이 넉넉해도, 빈털터리가 되는 데 5분이면 충분했다.

"이마빡(?)에 '나는 기술자입니다'라고 써놓고 다니지 않는 이상 그 사람이 고수인지 하수인지는 돈을 다 잃기 전까지 절대 알 수 없어요. 그러니 일반인은 죽었다 깨어나도 못 이기는 게 도박판이에요."

하지만 잃은 돈에 대한 미련을 못 버리고 다시 판에 앉게 되는 것 또한 도박이라고 했다. 그러다 보면 집 팔아먹고, 부모 팔아먹고, 가족도 모두 떠나고, 어느 날 문득 침침한 눈을 비비며 떨리는 손으로 화투 패를 쥐고 있는 자신을 발견하게 된다고. 도박에 중독되면 누구든 그렇게 폐인으로 인생이 끝장나는 것이라 했다.

X는 도박판에 껴서 패가망신할 일 없도록 귀한 강연을 해준 거라며 웃으며 말했다. 그리곤 내가 선물로 가져온 SBS 기념품을 챙겨서 자리를 떠났다. 나는 묘한 허탈함에 자리에서 한동안 일어나지 못했다. 떨리는 손으로 약을 털어먹던 제보자 K가 떠올랐다. 돈을 잃지 않고도 이렇게 무기력해지는데 모든 걸 잃고 마약 전과자까지 되어버린 그가 받았을 충격은 가늠이 되지 않았다.

다행히 취재는 잘 마무리되었다. 방송 내용 또한 전반적으로 만족스러웠다. 시청률은 높지 않았지만 제보자 K는 우리의 노력에 감사하다고 했다. 그러면서 본인의 마약 누명을 벗기 위한 재심 청구 과정에 〈그것이 알고 싶다〉 방송본을 제출

해도 될지 물었다. 도움이 된다면 당연히 협조하겠다고 했다.

이후 별도로 방송본 파일을 준비해서 K의 변호사에게 보냈다. 법원에서는 K의 재심 청구를 받아들였다. 다시 열린 재판에는 우리가 취재 과정에서 만났던, 당시 사기도박에 가담한 사람들이 증인으로 출석했다. 다행히 그들은 사실대로 증언을 해주었다. 판사도 그 내용을 받아들였다. 법원은 과거 판결을 모두 뒤집고 K에게 무죄를 선고하였다. 누명을 벗은 K는 자식에게 떳떳한 아버지로 돌아갈 수 있음에 진심으로 기뻐했다.

이럴 땐 피디라는 직업이 참 신기하다. 숨소리조차 거짓말 같은 도박꾼들을 취재하며 지긋지긋한 이놈의 직업을 때려치우고 싶다고 매일 생각했다. 밥벌이는 해야 하니까 월급은 받아야 한다는 생각으로 버텼는데…. 그런데 내가 한 일로 누군가의 누명도 벗기고 칭찬까지 듣게 되는 아이러니라니. 세상 일은 참 알다가도 모르겠다.

연쇄 휴가
실종 사건

"피디님, 저희 쪽에서 국과수에 증거 보내서 유전자 감식으로 범인 특정한 사건이 하나 있는데요. 이거 나가면 한동안 전국이 시끌벅적할 겁니다."

　과거에 제작했던 살인 사건의 취재 자료를 보내달라는 요청을 받고 경찰청에 방문한 날이었다. 사전에 동의를 구한 제보자의 연락처와 취재 자료를 전달하는 나에게, 경찰청 관계자는 고맙다며 곧 큰 사건 하나가 해결될 것이라는 정보를 슬쩍 귀띔해 주었다. 온 세상이 들썩일 거라며 흥분한 목소리로 말하는 그에게, 혹시 나한테만 먼저 알려주면 안 되냐며 불쌍한 표정으로 부탁했다. 그는 구체적인 내용은 말할 수 없다며 미안해했다. 나는 미간에 힘을 주고 아쉬운 표정을 지었지만 솔직히 말하면 하나도 궁금하지 않았다. 나라가 두 쪽이 나거나 말거나 이제 상관없는 일이었다. 왜냐하면 세상 모든 근심과 걱정을 다 무시할 수 있는, 사회면 기사 따위 찾아보지 않아도 되는, 절대적으로 보장된 나만의 휴가가 여기 경찰청 문을 나서는 순간 시작될 테니까.

탐사보도 프로그램 한 편을 제작하는 데는 정말 많은 에너지가 들어간다. 무제한에 가까운 근무시간은 말할 것도 없다. 장기 출장은 기본이고 심지어 수십 명의 사람을 만나 문어발식 취재를 진행하다 보면 엄청난 감정 노동까지 감당해야 한다. 게다가 피디는 회사에 소속된 직장인이다. 조직 생활에서 오는 스트레스까지 버텨내다 보면 티브이 화면으로 방송이 나갈 때쯤엔 몸과 마음이 모두 망가진다.

당시에는 방송 한 편 제작을 끝내면 2주간의 휴가를 받았다. 휴가 동안 너덜너덜한 멘탈을 한 땀 한 땀 꿰매서 다잡고 에너지를 충전해 다음 방송을 만들 힘을 다시 모은다. 그렇게 소중한 휴가 첫 날 방문한 경찰청이었다. 귀한 휴식 시간에 일을 하는 게 남들 보기에는 일 중독자이자 방송국 노예처럼 보일 수 있다. 모르는 사람이 보기에는 엄청난 사명감을 가진 사람이 아닌가 하고 착각하실 수도 있다.

'월급쟁이'라는 강한 정체성을 가진 내가, 사사건건 온갖 세상일에 간섭(?)해야 하는 '피디'라는 직업을 유지하려면 다른 동기부여가 필요했다. 그건 오로지 나를 지키기 위함이었다. 그런 이유로 경찰청에 간 거였다. 물론 협조 요청을 받고 사건 해결에 도움을 주겠다는 좋은 마음도 조금은 있었다. 하지만 솔직히 수사기관에 와서 짧은 생색을 내고 칭찬이라는 열매를 홀로 획득해 가려는 욕망이 더 컸다. 제보자가 어렵게 제공해 준 소중한 비밀 정보를 그저 전달만 하는 배달부였음에도, 바닥나 버린 연료통을 보람으로 채워 휴가를 행복하게 즐기고 싶다는 이기적인 마음을 가졌던 것이다.

경찰청 문만 열고 나가면 모든 것을 잊고 휴가 모드로 전환할 생각이었다. 그러다 보니 경찰 관계자가 알려준 정보에도 관심이 가지 않았다. 아니 일부러 잊으려고 애를 썼다. 그의 한마디에 호기심이 생기면 휴가고 뭐고 거기에 매몰되어 다시 피디 모드가 될 것이 분명했으니까. 내가 유일하게 누릴 수 있는 '워라밸'을 지켜야만 한다. 그리고 솔직히 요즘에 그런 사건이 어디 있어…? 우리나라 최대 장기 미제 사건인 '화성 연쇄 살인 사건'의 범인을 잡은 거면 몰라도.

"속보입니다. 과거 '화성 연쇄 살인 사건'으로 알려진 전대미문의 범죄를 저지른 범인이 밝혀졌습니다."

집에서 티브이를 보다가 하마터면 소파에서 떨어질 뻔 했다. 맙소사, 그게 진짜 '화성 연쇄 살인 사건'이었다니! 희대의 사건에 대한 정보를 듣고도 놓친 나. 귀띔해 준 경찰 관계자는 그때 날 보며 얼마나 한심했을까. 떠먹여 줘도 뱉어내는 피디라니. 이 정도로 눈치와 센스가 없으면 휴가가 끝나는 대로 무조건 회사에서 잘려야 한다. 재능 없는 나에게도, 회사에게도 서로 민폐인 게 분명하다.

모든 언론이 경쟁하듯 속보성 기사를 쏟아냈고 얼마 지나지 않아 범인이 '이춘재'라는 사실이 알려졌다. '화성 연쇄 살인 사건'의 명칭이 '이춘재 연쇄 살인 사건'으로 바뀌었다. 휴가 기간에는 세상 모든 일에 무관심해야 한다는, 그래야 다음 방송에 집중할 힘이 모인다는 나만의 원칙은 무너져 버렸다. 나도 모르게 하루 종일 쏟아지는 기사를 따라가고 있었다. 그

러다 이 정도로 세상이 시끄러우면 사무실도 난리가 났겠다
는 생각이 들었다.

순간 알 수 없는 불안감이 온몸을 휘감았다. 곧 들이닥칠
위기에서 1초라도 더 휴가에 집중하고 싶었다. 바로 휴대폰
을 거실에 던져두고 방에 처박혀 플레이스테이션을 켰다. 미
친 듯이 게임에만 몰두했다. 하지만 불안 모드로 바뀐 심장은
진정되지 않았다. 아니나 다를까 저 멀리 방문 밖에서 희미한
진동 소리가 들렸다. 외면하고 싶지만 외면할 수 없었다. 한 번
안 받는다고 포기할 전화가 아닐 테니까.

"잘 쉬고 있지? 다른 건 아니고 혹시 외국은 아니지? 그냥
혹시나 해서 물어보는 거야."

휴가 안부를 묻는 척 현재 위치를 체크하는 팀장의 전화.
거짓말을 해야 마땅했지만 태생이 소심한 나는 방구석에서
열심히 게임에 집중하고 있다고 곧이곧대로 말해버렸다. 팀장
은 "그래, 푹 쉬고 있어"라고 말하며 전화를 끊었지만, '언제든
부르면 바로 달려 나올 준비하고 있어'로 들렸다. 언제나 그러
하듯 슬픈 예감은 틀리지 않았다. 이틀 뒤 오후, 나는 자연스
럽게 출근을 준비했다. 아무리 잘났어도 혼자서는 아무것도
할 수 없는 게 방송국 업무다. 그 말은 즉, 내가 일하려면 함께

일하는 팀원들이 있어야 한다는 이야기. 그렇다. 그들에게 직접, 팀장에게 받았던 것과 똑같이 전화를 돌려야만 한다.

"휴가 중에 왜 전화하셨어요? 설마… 제가 생각하는 그런 건 아니죠?"

전화를 받자마자 '여보세요'도 없이 첫 마디부터 쏘아붙이는 팀원 A. 나는 "니가 생각하는 게 맞아"라고만 대답했다. 10초 정도 아무 말 없던 A는 갑자기 이춘재 욕을 막 해댔다. 그렇게 한동안 욕을 하다가 직업이 그런 걸 어쩌겠냐며 일은 일이니까 얼른 남은 일정을 취소하고 나오겠다고 했다. 마음을 가다듬고 팀원 B에게도 전화를 걸었다.

"피디님, 이춘재 때문에 전화하셨죠? 언제부터 나가야 해요?"

B 역시 '여보세요'라는 형식적 인사도 없이 감정 없는 목소리로 스케줄을 물었다. 이런 전화가 올 거란 걸 직감하고 있었던 것처럼. B는 가족 관련 일만 정리하고 바로 출근하겠다고 했다. 방송쟁이들의 운명이란 이런 것인가.

휴가를 중단한 우리는 사무실에 모여 곧바로 일을 시작했다. 여전히 휴가에 미련을 못 버린 우리는 무척 예민해져 있었다. 결국 그 감정을 이춘재에게 모두 쏟아 붓기로 했다. 급하게 방송을 준비해야 하는 만큼 팀장이 직접 연출을 담당했다. 우리는 현장 취재를 맡기로 했다. 본격 제작에 들어가기 전 미리 사건에 대한 정보를 접하고도 놓쳐버린 실수를 모두에게 실토했다.

"신경 쓰지 마. 그때 알았다고 해도 미리 보도하긴 어려웠을 거야. 지금부터 할 일만 잘하면 되지."

신경 쓰지 말라는 팀장의 말에 안도하면서도 한편으로는 꼭 만회해야겠다는 생각이 들었다. 범인도 밝혀진 마당에 그 사건으로 지난 30년 간 힘든 시간을 지내온 많은 사람들을 위한 방송을 만들자고 다짐했다.

취재를 나가기 전 이춘재의 잔악무도한 범죄에 대한 숙지가 우선이었다. 다행히 당시 사건 자료 대부분이 사무실에 보관되어 있었다. 30년이 다 되어가는 수천 페이지의 자료들. 닥치는 대로 자료를 읽어냈지만 자정이 되어도 연쇄 살인 사건의 개요조차 파악하기 어려웠다. 그만큼 이춘재는 극악무도했다. 디테일을 알게 될수록 잔혹한 수법에 혀를 내둘렀고 끔찍한 순간이 상상될 때마다 질끈 눈을 감을 수밖에 없었다. 우리는 사건 지역을 분할해서 맡기로 했고, 다음 날 자신이

가기로 한 지역에서 발생한 사건만 집중적으로 파악하기 시
작했다. 밤새 사건 자료를 머릿속에 욱여넣다 잠시 집에 들러
샤워만 하고 회사에 돌아온 시간은 아침 8시. 시간 맞춰 출근
한 카메라 팀과 함께 곧바로 승합차를 타고 경기도 화성시로
향했다.

  '이춘재 연쇄 살인 사건'은 사건이 방대하고 발생 지역도 광
범위하다 보니 화성 어디서든 그 흔적을 발견할 수 있었다. 언
론에 대대적으로 알려진 덕분인지 인근 마을 분들은 호의적
이었고, 취재에 많은 도움을 주셨다. 이춘재의 집이나 다녔던
공장을 금방 알 수 있었고 그의 친구나 동료들도 만날 수 있
었다. 당시 그의 일상적 동선과 사건 현장의 배치가 맞물려 있
음도 알 수 있었다. 과거 수사 자료에서 물음표로 남아 있던
퍼즐의 자리가 조금씩 맞춰져 갔다. 유전자 감식 결과와 이춘
재의 진술 외에도 세세한 정보가 더 필요한 수사팀에 우리가
수집한 취재 정보를 공유한다면 도움이 될 것이었다.

  그러던 중, 열심히 취재한다며 격려해 주시던 마을의 한 노
인이 사건의 생존자가 있다는 귀띔을 해주셨다. 이춘재가 범
행을 저지르던 초기, 범행 장소에서 도망친 피해자가 있었다
는 것이다. 수사 자료에도 생존한 피해자에 대한 기록이 있었

다. 하지만 과거 이 사건을 취재했던 많은 선배 피디들은 그
사람을 만나지 못했다. 그 피해자의 정보를 우연히 알게 되자
머리카락이 쭈뼛 서는 느낌이 들었다.

제보를 해준 노인은 그 집에 가서 진심으로 부탁하면 도움
을 받을 수 있을 거라고 했다. 지금쯤 만날 준비가 되었을 거
라며 진정성 있게 부탁해 보라고 했다. 소중한 정보를 제공해
주신 그분께 감사하면서도 솔직히 원망스러웠다. 피해자도 분
명 30여 년 만에 사건의 범인이 드러난 걸 알고 있을 것이다.
선뜻 발걸음이 떨어지지 않았다. 그분이 어떤 심정일지 전혀
상상이 되지 않으니까. 노인의 제보를 못 들은 걸로 할까. 피
하고 싶은 마음이 굴뚝같았다.

하지만 그분은 개인 이동원이 아닌 사건을 취재하는 방송
국에 제보한 것이다. 게다가 같이 간 팀원들도 모두 함께 들은
정보였다. 그렇다면 없던 일로 만들 수 없었다. 싫든 좋든 결
국 해야 하는 일이니까.

피해자의 집에서 멀리 떨어진 공터에 차를 세웠다. 카메라
팀에게 촬영 장비를 절대 차에서 꺼내지 말고 가능하면 사람
도 차에서 내리지 말라고 했다. 차량에 붙은 SBS 로고도 다
뗐다. 나와 조연출 둘만 가기로 했다. 혹시 모르니 조연출에게

작은 카메라 한 대만 챙기라고 했는데 그것도 남들 눈에 띄지 않게 잘 숨겨서 가져오라고 했다. 빈손으로 갈 수 없어 편의점에서 음료수 한 박스를 샀다. 고민, 고민하며 그렇게 준비를 하고도 발이 떨어지지 않아 괜히 근처를 배회했다.

매번 겪는 일이지만 어떤 사건이든 피해자를 마주하는 일은 힘들고 괴롭다. 차라리 범죄를 저지른 사람을 찾아가는 일이 훨씬 쉽다. 지인들은 범죄자를 만나는 게 두렵지 않냐고 종종 내게 묻는다. 범죄자를 만날 땐 단순히 범행 사실에 대해 묻고 그에 대한 입장을 담아오면 그만이다. 더할 것도 덜할 것도 없다. 방송 이후 분쟁이 발생할 수도 있지만 그건 법적인 문제가 대다수라 추후 회사와 상의하여 해결하면 될 일이다. 하지만 피해자를 인터뷰하는 일은 차원이 다른 문제다.

피해자를 만나서 대화를 나누다 보면 여전히 치유되지 못한 그들의 상처를 오롯이 마주하게 된다. 그걸 어설프게 위로해선 안 된다. 말 한마디가 트라우마를 자극하게 될지 모르니 함부로 말을 꺼낼 수 없다. 진심으로 우리가 하는 일을 설명드리고, 질문하기보다는 자연스럽게 쏟아내는 감정과 말을 담는 데 집중해야 한다. 그러다 보면 감정이 이입되어 며칠은 몸살을 앓듯 여기저기 아플 때가 있다. 그걸 꾹 참고 결국 방송을 내야만 한다. 그래서 편집할 때도 몇 번이고 피해자의 인터뷰를 다시 보며 수정한다. 방송 직후에도 혹시 피해자의 마음에 상처가 되는 일은 없었는지 걱정하며 전전긍긍한다.

'이춘재 연쇄 살인 사건'은 피해 규모가 매우 커서 취재를 하며 어려운 상황을 만나게 될 걸 각오하고 있었다. 하지만 막상 문 앞까지 와서 초인종도 못 누르고 주저하고 있었다. 그 순간 누군가 쳐다보는 듯한 시선을 느껴 고개를 돌렸다. 창문 안쪽, 켜진 티브이 옆으로 서 있는 한 사람이 보였다. 실루엣만 보였지만 직감적으로 그 사람이 피해자라는 걸 알 수 있었다. 눈을 마주쳤지만 내가 먼저 피해버렸다. 알아들을 수 없는 말소리와 함께 쿵하고 방문 닫히는 소리가 들렸다. 머릿속이 하얘졌다. 큰 잘못을 저지른 것 같은 마음에 어찌할 바를 모르고 얼어버렸다. 우리의 존재만으로도 피해자분께 상처를 준 것 같아 불안해졌다. 그냥 도망가야겠다는 생각이 들어 돌아서는 순간, 갑자기 현관문이 열렸다.

문을 열고 나온 건 중년의 한 남성이었다. 그는 정중하고 점잖은 목소리로 누구냐고 물었다. 명함을 드리며 소속과 이름을 밝히고 우물쭈물 여기에 찾아온 이유를 설명드렸다. 들고 있던 선물세트를 드리며 불쑥 찾아와 죄송하다는 말도 전했다. 가만히 나를 쳐다보는 남성에게 불편하시면 바로 돌아가겠다고 말했다. 추후에 연락을 주셔도 되고 만일 전혀 원치 않으시면 어느 누구에게도 여기에 다녀간 사실을 알리지 않겠다고 말했다. 불편하시다면 진심으로 모든 걸 보호해 드릴 생각이었다. 수십 년간 피해자이자 생존자로써 겪었을 불안과 고통은 그 누구도 이해하지 못할 테니까.

　가만히 듣던 그는 자신이 피해자 가족이라고 밝혔다. 며칠 전 티브이에서 '이춘재'라는 이름이 나왔을 때 가족의 일상이 다시 무너져 버렸다고 했다. 특히 피해자는 불면에 시달리며 예민한 상태로 아무것도 하지 못했단다. 하지만 이제 범인이 밝혀졌으니 '끝이겠구나'라는 생각에 다행이라고 여기며 가족 모두 서서히 회복 중이라고 했다. 언론사에서 찾아올 것도 예상하고 있었다고. 인터뷰할 일이 생기면 뭐라고 말해야 할지 고민 중이었는데 생각보다 빨리 찾아와 조금 놀랐다고 하셨다.

　그는 현관 앞에 선 채로 궁금한 게 있으면 편하게 물어보라고 했다. 하지만 하얘진 내 머릿속은 그대로였다. 어떤 질문도 할 수가 없었다. 타들어가는 이들의 심정을 누가 가늠할 수 있을까. 그래서 난 그저 듣겠다고만 했다. 오래전부터 하고 싶었던 말씀이 있었을 테니 그것만 듣고 가겠다고 했다. 잠시 생각하던 그는 기다렸다는 듯 담담히 당시 사건에 대해 설명했다. 사건 내용은 연쇄 살인 사건의 다른 범행과 비슷했다. 다만 피해자의 금품을 훔치려고 가방을 뒤지는 사이, 피해자는 극적으로 도망칠 수 있었다. 전날 새벽 회사에서 읽었던 수사 자료의 내용과 동일했다.

과거의 기억을 다시 떠올리게 해서, 저희 같은 사람들이 찾아와서 죄송하다고 재차 말씀을 드렸다. 지금은 잠시 힘들지만 곧 괜찮아질 거라고 그가 말했다. 언론은 언론의 일을 하는 것이고 어쨌거나 범인이 검거된 것은 다행이지 않느냐는 뜻이었다. 다만 그럼에도 가장 두려운 것은 사건 직후 수사가 진행되었던 상황이 반복되지 않을까 하는 것이라고 했다.

당시 인권 의식이 거의 없었던 형사들은 범인을 잡겠다는 열망에만 사로 잡혀 피해자를 전혀 배려하지 않았다고 했다. 사건이 해결되지 않자 경찰은 새롭게 형사들을 투입했다. 그때마다 피해자는 끊임없이 같은 피해 사실을 진술해야만 했다. 지속적으로 2차 피해를 당했던 것이다. 그러다 어느 순간부터 형사들이 피해자의 집에 진을 쳤다. 피해자가 매일 밥을 지어 형사들 끼니까지 챙기는 웃지 못할 상황이 오랫동안 지속되었다. 반드시 지켜줘야 할 피해자의 집을 수사 본부로 쓰는 어이없는 일이 생긴 것이다. 그래서 피해자 가족들은 범인이 잡혔다는 뉴스를 봤을 때 제일 먼저 바로 그 시절 형사들이 떠올랐다고 했다. 또 다시 형사들이 들이닥쳐서 모든 일상을 파괴할까 봐, 심지어 피해 사실을 전혀 모르던 이웃이나 친지에게도 알려질까 봐 걱정하고 있었다.

범인도 못 잡는 형사들이 피해자의 집에서 밥해 먹고, 낮잠 자고, 심지어 고스톱까지 치며 시간을 보냈다는 코미디 같은 이야기는 모두 사실이다. 지금으로선 상상도 할 수 없는 일이지만 당시 피해자에겐 견딜 수 없을 정도로 끔찍한 상황이었을 것이다.

그는 나중에 궁금한 게 생기면 또 찾아오라고 했다. 경찰만 안 데리고 오면 무엇이든 답변해 줄 수 있다면서. 말씀만으로도 감사하다고, 혹시 궁금한 게 생기면 다시 찾아뵙겠다고 말했지만, 속으로 다신 찾아오지 말아야겠다고 다짐했다. 피해자이자 생존자의 가족으로 일상을 지켜내기 위해, 인근 마을에서 사망한 수많은 피해자 가족들을 위해 아픈 마음을 부여잡고 본인에게 주어진 최소한의 의무를 다하고 있다는 점을 느꼈으니까. 나 역시도 취재를 맡은 피디의 본분을 다하려고 일하고 있지만 다신 그분을 찾아뵙지 않는 것이 예의이자 도리라는 생각이 들었다.

사무실로 돌아와 생존하신 피해자 가족을 만난 얘길 전하자 모두 말이 없었다. 다들 이미 사건 자료를 통해 잘 알고 있었던 상황이기에 말하지 않아도 내가 느낀 감정이 그대로 전달되었을 것이다. 이후 며칠 동안 다른 팀의 많은 피디, 작가들까지 합심하여 밤낮없이 일에 매달렸다. 그렇게 방송은 무사히 제작되었다. 방송과 함께 원래 휴가 기간도 끝나면서 나와 함께하는 팀원들은 바로 다음 방송을 준비해야 했다.

짧든 길든 하나의 주제로 방송을 몰아치고 나면 회복 기간이 필요하다. '이춘재 연쇄 살인 사건' 같은 끔찍한 사건을 깊게 취재하다 보니 정신을 회복할 절대적 시간이 필요했다. 야구에서 선발투수가 나흘에 한 번이라는 루틴을 지키며 등판하는 것처럼. 하지만 다음 방송이 펑크 나지 않으려면 쉼 없이 일해야 하는 상황이었다. 회사에서는 다음 방송이 끝나면 원래 휴가에 보너스 휴가를 더해주기로 약속했다. 한 번만 힘내서 잘 넘기면 꿈같은 휴가로 우리의 고생을 보상받을 수 있을 것 같았다.

다음 방송만큼은 영리하고 신중하게 주제를 정할 생각이

었다. 무엇이든 상황이 닥치면 프로답게 열심히 일하겠지만 체력과 정신력이 소진된 지금의 고비를 잘 넘기는 것이 중요했다. 우리 팀원 모두 아프지 않고 건강하게, 조금이나마 행복하게 일하려면 평소보다 힘이 덜 들어가는 주제를 찾는 게 무엇보다 중요하니까. 그런 고민을 하던 어느 날 밤, 한 통의 전화가 걸려 왔다.

"피디님, 살인죄로 억울하게 무기징역 선고받은 사람이 하나 있는데요. 이번에 취재하면서 같이 재심을 준비해 보면 어떻겠습니까?"

평소 잘 알고 지내던 변호사의 전화였다. 억울하게 옥살이를 한 사람이 있는데 아직 찾지는 못했지만 어떻게든 그 사람을 도와줘야 한다는 취지의 내용이었다. 잘만 된다면 가슴이 뻘 정도로 보람 있고 뿌듯한 일이 될 것이다.

하지만 '재심'은 만만치 않은 일이다. 재심은 1심, 2심 그리고 대법원까지 과거 대법관을 비롯한 판사들이 내린 판결을 모두 뒤집고 무죄를 받아내야 한다. 방송이든 재판이든 그 세세한 내용을 전부 분석하려면 최상위 난이도의 프로젝트가 될 것이 분명했다. 제작진 모두가 몇천 장씩 되는 자료를 책상

에 쌓은 뒤 고시 공부하듯 매일 밤새도록 일할 게 눈에 선했
다. 흥분해서 말하는 그 변호사를 만나기가 갑자기 두려워졌
다. 현재 우리 팀의 상황으로 볼 때 이번 기회, 아니 위기를 피
해야만 했다. 그래서 좋은 의견이신데 그 사람을 찾아야 뭐가
되지 않겠냐고 말했다. 혹시라도 찾으면 꼭 같이 해볼 테니 나
중에 다시 통화하자는 형식적인 답변만 하고 부리나케 전화
를 끊었다.

    그렇게 끝난 줄 알았다. 그랬는데…, 이틀 뒤 변호사에게 전
화가 왔다. 그 사람을 찾았다고 했다. 진짜로 찾았다니… 그
전화 한 통에 우리는 다시 출장과 밤샘과 끼니 거름이 반복되
는 과로의 소용돌이에 빠져들고 말았다.

    변호사가 찾아낸 남자. 그는 바로 '화성 8차 사건'의 범인
으로 1989년 체포되어 강간살인죄로 무기징역을 선고받고,
20여 년의 복역 끝에 모범수로 가석방된 윤성여 씨였다.

*30년 된
캐비닛의 비밀*_____

"피디님, 절대 내 집 앞에 방송국과 관련된 어떤 물건도 꺼
내지 마세요. 만일 카메라 귀퉁이라도 보이면 절대 아무도 안
만날 거요. 경찰에 신고해 버릴 거고 다신 이 동네 발도 못 붙
이게 만들 겁니다. 무슨 뜻인지 아시겠어요?"

그와의 첫 통화였다. 얼굴 한 번 본 적 없는 사이였지만 그
는 서슴없이 날 선 말들을 뱉어냈다. 내 말은 들리지도 않는
듯 오로지 자기가 하고 싶은 말만 했다. 그 와중에 언론에 대
한 불신마저 서슴없이 드러냈다. 세상 그 어떤 것도 믿지 못하

고 자기만의 구역에 숨어 사는 사람. 누구든 다가오면 본능적으로 밀쳐내며 스스로를 지키는 데 몰두하는 사람. 이미 오래전, 일상을 송두리째 빼앗기고 삶 전체를 파괴당했다고 말하는 그는 마치 거대한 고슴도치 같았다.

그를 만나기 위해선 지켜야 할 조건이 많았다. 일단 정해진 시간에 맞춰 근처에 도착한 뒤 전화를 하라고 했다. 그때 본인이 오라고 하면 차를 몰고 와서 대문 앞에 딱 맞춰 세우라고 했다. 그럼 집에서 나와 바로 그 차를 탈 것이고 20분 정도 떨어진 다른 동네로 이동해서 이야기를 나누자고 했다. 인터뷰를 촬영해야 한다면 방송에 자신의 얼굴과 목소리가 그대로 나가선 안 된다고 했다. 인터뷰 장소마저 사람들이 추측할 수 없는 조용하고 은폐된 곳을 원했다. 과거 큰 피해를 당했다는 그가 세상을 경계하는 것은 당연하다고 생각했다. 하지만 그 예민함은 이상할 정도로 과했다. 말하지 못할 다른 이유가 있을 것 같았다. 그래서 일부러 한 시간 정도 먼저 그의 집 근처로 이동했다.

대략 500미터 정도 떨어진 곳에 차를 세웠다. 이미 방송국 로고는 떼버린 상태였다. 같이 간 스태프들에게 커피 한 잔씩을 돌리며 차에서 대기하라고 한 뒤 혼자 동네를 한 바퀴 둘러보았다. 지방 도시의 전형적인 주택가였다. '특별한 것은 없구나'라는 생각이 드는 순간 골목에 주차된 차량 안의 한 남자와 눈이 마주쳤다. 시동도 걸지 않은 차 안에서 뭔가를 기다리는 남자. 그런데 그의 바로 앞 차량에는 또 다른 남자가 타고 있었다. 그 앞 차량에도, 또 그 앞의 차량에도 정체불명의 남자가 한 명씩 타고 있었다. 직감적으로 이상함을 느끼고 그 차량 옆을 지나가며 안을 살폈다. 깔끔한 셔츠를 입은 남자들 옆에는 하나같이 재킷과 백팩이 있었다. 그리고 수첩 같은 것이 조수석에 널브러져 있었다. 직접 물어보지 않아도 알 수 있었다. 그들은 내가 만날 남자를 찾아온 기자들이었다.

그제야 왜 우리의 만남이 첩보 작전같이 치밀해야 되는지 깨달았다. 주소가 어떻게 노출되었는지는 알 수 없었다. 하지만 우리가 만날 남자는 수많은 기자들에게 포위당한 채 집 안에 갇혀버렸다. 세상을 피해 숨어버린 고슴도치 같은 사람이 기자들에게 몰이를 당하고 있는 상황. 바로 승합차로 돌아가 스태프에게 상황을 공유했고 우리는 그를 구출하기로 했다.

이윽고 약속된 시간이 되어 그에게 전화를 걸었다. 예민한 그는 전화를 받자마자 우리 차에 방송국 로고가 있는지부터 먼저 물었다. 없다고 하자 집 앞에 바로 차를 세우라고 했다.

우리는 다른 기자들이 사진을 찍을 수 없게 대문 앞에 차를 바짝 붙였다. 다시 전화가 울렸다. 남자는 문 앞에 차를 세운 게 우리가 맞는지 확인했다. 맞다고 하자 대문이 열렸고 그는 차에 오르자마자 빨리 출발하라고 재촉했다.

동네를 벗어난 뒤 명함을 드리며 정식으로 인사를 드렸다. 그는 본체만체하며 창밖으로 주위만 살폈다. 심지어 기사님께 미행하는 차가 없는지 묻기도 했다. 그의 불안 때문에 유턴을 두 번이나 했고 여전히 그가 가시를 드러내 말조차 붙이지 못한 채 달리기만 했다. 우리가 준비한 장소는 그의 집에서 한참 떨어진 곳에 있는 어느 모텔 방이었다. 모텔 주차장에 도착해서도 엘리베이터 바로 앞에 차량을 붙여 세웠다. 앞장서서 걷는 그를 보고 우리도 재빨리 장비를 챙겨 따라갔다. 예약한 방은 커다란 테라스가 딸린 곳이었는데 그 테라스에서 인터뷰하기 위해 빠르게 카메라를 세팅했다.

그는 초조한 듯 연신 물을 들이켰다. 분위기를 바꿔보고자 농담을 건네기도 했지만 아직 우리를 믿지 못하겠다는 듯 받아주지 않았다. 그사이 카메라가 모두 세팅되었고 얼음장 같은 분위기 속에서 인터뷰를 시작했다.

"선생님, 자기소개를 좀 해주실 수 있으실까요?"

"가만있어 봐요. 피디님이라고 부르면 되나? 아님 기자님인가? 여하튼 그전에 할 말이 있으니까 일단 내 말부터 들어요."

카메라가 커지자 그는 더 예민해진 듯했다. 뾰족한 가시를 세우다 못해 그걸로 거대한 가시덤불을 만들어 온몸에 뒤집어 쓴 것만 같았다.

"30년 전에도 기자들이 카메라 들고 나를 찾아왔던 적이 있어요. 찾아왔다기보단 찍었지 그냥. 수갑 찬 채로 경찰서 여기저기 앉혀놓고 지들 마음대로 찍었어요. 그날 밤 내 얼굴이 전국 뉴스에 그대로 나갔다고. 그렇게 내가 '화성 8차 사건'의 강간살인범으로 징역을 20년 넘게 산 사람이에요. 무슨 말인지 아시겠어요?"

사람에 대한 불신. 언론에 대한 증오. 사회에 대한 깊고도 확연한 분노. 그는 스스로 겪은 피해에 대해 설명하는 듯했지만, 사실 그건 가슴 속 깊이 담고 있던 거대한 불기둥을 뿜어내는 모습이었다. 세상 사람들을 향해 작정하고 던져대는 증오. 그렇게 20여 분 가까이 그는 하고 싶은 얘기를 쏟아냈고 우리는 아무 대꾸 없이 온몸으로 그의 분노를 받아냈다.

"선생님, 저희는 선생님께서 억울한 일을 당하신 걸 잘 알고 있어요. 그래서 변호사님과 함께 재심 준비하시는 걸 도와드리고 싶어서 여기까지 온 거구요."

　그는 잠시 숨을 돌리며 물을 더 달라고 했다. 조연출이 냉장고에서 생수를 꺼내왔고 그가 물을 마시는 동안 재빠르게 머리를 굴렸다. 내 인터뷰 스타일은 모든 상황을 설명하는 것으로 시작한다. 인터뷰를 요청한 공식적인 이유와, 피디로서 개인적으로 이 취재에 임하는 태도를 최대한 자세히 설명드린다. 인터뷰 진행 후 어떤 방식으로 다른 취재를 이어갈지에 대해서도 공유하려고 한다. 답변하는 사람 입장에서도 공감대를 가져야만 마음을 열고 모든 걸 알려주기 위해 최선을 다할 테니까. 하지만 이번에는 달랐다. 잔뜩 예민해진 그에게 대화의 주도권을 빼앗겼다간 질문 하나 제대로 하지 못한 채 헤어질 게 분명했다. 이럴 땐 설명이고 예의고 필요 없고 준비한 필살기를 써야만 한다.

　"선생님, 혹시 과거에 이 서류 보신 적 있으실까요?"

　"처음 보는 건데. 이거 뭔데요?"

　그는 내가 건넨 오래된 문서를 말없이 들여다보고 있었다. 우리는 숨죽이며 기다렸고 내용을 찬찬히 읽어보던 그의 눈빛은 분노가 사라져 동글동글해지고 있었다. 처음으로 그와 정상적인 대화가 가능하게 된 순간.

"선생님, 이 종이가 증거가 되어서 과거에 무기징역을 받으
셨던 거예요. 알고 계셨어요?"

"글쎄, 나는 태어나서 이걸 처음 보는데?"

의아한 표정을 짓는 그에게 종이에 적힌 어려운 용어들을
하나하나 설명해 드렸다. 그는 생각에 잠기다가 차분한 목소
리로 다음 문장의 의미를 묻기도 했다. 그렇게 종이를 놓고 한
참 동안 같이 읽고 또 읽었다.

고슴도치 같던 남자가 한시도 눈을 떼지 못하던 그 종이는
1989년 국립과학수사연구원(국과수)에서 작성한 것이다. 그
내용은 강간 살인 사건 현장에서 채집된 용의자 체모의 중금
속 함량을 검사한 것이었다. 이 종이 한 장으로 범인이 체포되
며 종결된 사건이 바로 '화성 8차 사건'이었다.

당시 '화성 연쇄 살인 사건'이라고 불리던 연쇄 범죄를 수사
기관에서 해결하지 못해 여론이 안 좋은 시기였다. 그때 또다
시 8차 사건이 발생했는데 당시 담당 형사들은 해당 사건을
'화성 연쇄 살인 사건'의 주범이 아닌 다른 용의자가 저지른
유사 범죄로 판단했다. 수사 끝에 범인으로 체포한 사람이 바
로 가시 돋친 모습으로 내 앞에서 인터뷰 중인 남자, 윤성여
씨였다.

　체포 직후 구속된 그는 강간살인죄가 인정되어 무기징역을 선고받았다. 그때 법정에 제출된 가장 유력한 증거가 바로 국과수에서 작성했다는 종이 한 장이었다. 윤성여 씨는 구속 이후 20여 년간 수감 생활을 하며 모범수가 되었다. 덕분에 가석방으로 출소할 수 있었고 이후 10년 동안 지방 모처에 조용히 숨어 살았다. 그랬던 그가 이춘재라는 진짜 범인이 검거된 후 다시 세상의 관심을 받게 되었다.

　모두가 이춘재에 대해 관심을 갖고 있을 때 한밤중에 내게 전화를 걸었던 변호사는 '화성 8차 사건'으로 유죄 판결을 받은 사람을 찾아 재심을 도와줘야 한다고 말했다. 그렇게 시작된 일이 바로 이 인터뷰였다.

　솔직히 이춘재의 존재가 밝혀지며 세상이 떠들썩한 마당에 윤성여 씨의 사연을 중심으로 한 방송은 어떻게든 만들 수 있는 상황이었다. 하지만 우린 다른 방송 프로그램처럼 억울한 사연만 담아선 안 된다고 생각했다. 진실을 규명할 수 있는 증거와 증인을 확보하고, 과거 잘못된 판결이 내려진 절차적 문제를 지적해 윤성여 씨의 무죄를 객관적으로 입증해야 했다. 무엇보다, 다시는 이런 누명을 쓴 사람이 나오지 않으려면 모든 것을 명확하게 밝혀야 한다고 생각했다. 그러려면 가장 필요한 것이 바로 사건 당시 법원에 제출된 윤성여 씨의 수사 기록이었다.

　1989년 형사 재판의 기록을 찾는 일은 사실상 불가능했다. 대법원 판결까지 끝나고 모든 사법절차가 마무리된 서류의 의무 보존 기한은 15년이다. 그렇다면 이 사건의 자료는 이미 2004년에 폐기되었을 것이다. 1990년대는 기록의 보존성에 대해 잘 모르던 시절이니 경찰서나 검찰청 서고에 수사 기록이 남아 있을 리도 만무했다. 혹시나 해서 국가기록원에도 문의했지만 역시 관련 서류를 찾을 수 없다는 답변만 돌아왔다. 그러다 문득 떠오른 것이 바로 〈그것이 알고 싶다〉 사무실 캐비닛이었다.

　1992년 〈그것이 알고 싶다〉라는 프로그램이 처음 시작될 당시 담당 피디들은 '이춘재 연쇄 살인 사건'의 수사 자료를 수집해 5회 방송을 만들었다. 이후에도 여러 차례 관련 방송이 제작되었고 그때마다 추가로 모은 자료들을 모두 보관했다. 지금껏 프로그램을 거쳐 간 수백여 명의 선배 피디, 작가들이 수집하고 보관해 온 '이춘재 연쇄 살인 사건'의 자료 캐비닛. 그 안에는 윤성여 씨가 범인으로 체포된 '화성 8차 사건'의 기록도 있었다.

2주 전, 휴가를 반납하고 '이춘재 연쇄 살인 사건' 특집 방송을 제작할 당시에는 아무도 눈여겨보지 않았던 '화성 8차 사건'의 자료. 오래된 캐비닛을 열자 사건의 수사 기록 사본이 무더기로 나왔다. 당시 수사 기록과 범인으로 체포된 윤성여 씨의 진술 기록 등 법원에도, 검찰청에도, 심지어 국가기록원에도 없는 귀한 자료를 사무실 캐비닛에서 발견했다. 그걸 보고 나니 회사 안에서 뭔가 자료가 더 나오겠다는 생각이 들어 내부 서고와 서버를 열심히 뒤졌다. 그러자 당시 수사를 담당했던 형사들과 국과수 연구원의 1992년 인터뷰 촬영 원본 테이프도 나왔다. 지금은 고인이 된 형사들과 오래전 국과수를 퇴직한 연구원들의 얼굴과 목소리가 고스란히 담긴, 귀중한 원본 자료였다.

서류와 영상 테이프를 책상에 쌓아두니 꼭 타임캡슐을 연 것 같았다. 30여 년의 긴 시간 동안 천만다행으로 방송사가 망하지도, 프로그램이 폐지되지도 않았다. 1992년 이후에 일했던 수백 명의 피디, 작가들이 여태껏 자료를 잘 보관해 준 덕분이었다. 그 수많은 우연과 행운과 노력이 모여 세상 어디에도 없었던 소중한 기록이 꼭 필요한 사람을 위해서 쓰이게 되었다. 행운의 순간에 내가 프로그램을 만들고 있다고 생각하니 괜히 소름이 돋고 어깨가 으쓱해졌다. 어느 때보다 무거운 책임감이 느껴졌지만 어느 때보다 방송국에 취직하길 잘했다는 생각이 들었다.

발견한 사건 관련 기록 중 가장 중요한 것이 바로 국과수에서 작성한 보고서였다. 사건 당시 출동한 형사들은 현장에서 용의자의 것으로 추정되는 체모를 수집했다. 지금은 흔한 DNA 분석 기술이 30년 전에는 없었기 때문에 체모의 중금속 함량을 체크해 범인을 잡고자 했다. 그 과정에서 인근에 산다는 이유만으로 윤성여 씨를 의심했던 한 형사가 윤 씨의 체모를 수집했다. 검사 결과 두 체모의 중금속 함량이 유사하다는 것을 근거로 그를 체포했다. 그날, 윤성여 씨는 밤새 경찰서에서 형사들에게 고문을 당했다. 결국 그는 거짓 자백을 하고 말았다. 다음 날 바로 구속된 그는, 20년이 지난 뒤에야 집으로 돌아올 수 있었다.

당시에는 과학적 근거였지만 지금은 비전문가도 오류를 쉽게 찾을 수 있는 국과수의 보고서를 윤성여 씨는 존재조차 모르고 있었다. 한참 서류를 보던 그는 내게 물었다. 이 종이 한 장 때문에 자신이 여태껏 강간 살인범으로 무기징역을 받았고, 감형받아 출소한 후에도 한동안 전자발찌를 차고 숨어 살아야 했느냐고. 살아가기보단 살아내야만 했던 고통의 시간. 어떤 것도 꿈꿀 수 없는 감옥 같은 세상에서 살아왔던 그는 화도 내지 않고 그저 허탈한 표정으로 가만히 있었다.

이 보고서에 대해 한국뿐 아니라 해외의 다른 학자들에게도 자문을 구해 과학적 오류를 명확히 밝혀낼 것이라고 윤성여 씨에게 말했다. 그뿐만 아니라 절차상 모든 오류를 확인할 수 있는 다른 증거와, 만날 수 있는 당시 관계자를 모두 찾아 재심을 돕겠다고 약속했다. 재심에서 무죄 판결을 받으면 국가로부터 보상도 받을 수 있고 여생을 편히 살 수 있을 거라고 알려드렸다.

그는 돈은 필요 없다고 했다. 돈을 준다고 한들 평생 살인범으로 살면서 청춘을 다 보냈는데 무슨 소용이냐고 했다. 다만 이제라도 누명을 벗는다면 '화성 8차 사건' 범인의 핏줄로 살아온 가족과 친척들에게 큰 위로가 될 것이라고 했다. 그러면서 그가 덧붙였다. 자신의 인생을 망쳐버린 이춘재가 원망스럽지만 지금이라도 범죄를 모두 인정해서 고맙다고. 만일 이춘재가 '화성 8차 사건은 내가 한 게 아니다'라고 거짓말을 했더라면 자신은 누명을 벗지 못했을 거라고 했다.

고슴도치 윤성여 씨는 이미 사라지고 없었다. 그는 카메라 앞에서 차분히 지난 세월에 대한 기억을 털어놓았다. 그렇게 세 시간이 훌쩍 넘는 인터뷰가 진행되었다. 그제야 나는 가짜 증거로 지워졌던 진짜 윤성여 씨를 만날 수 있었다.

　하늘이 깜깜해져서야 인터뷰가 끝났다. 속내를 모두 털어놓은 우리는 고슴도치 가족이라고 할 만큼 돈독해졌다. 심지어 길에서 함께 걷는 모습을 찍어도 된다며 먼저 촬영을 제안하기까지 했다. 하지만 윤성여 씨는 집에 돌아가면서 다시 우리 승합차를 본인 집 앞에 바짝 붙여달라고 했다. 아직 아무것도 입증되지 않은 상황에서 혹시라도 자신이 그 유명한 '화성 8차 사건'의 범인이라는 게 알려지면 집주인이나 이웃들이 쫓아낼까 봐 두렵다고 했다. 공장에서 3교대로 근무하며 겨우 일궈온 일상이 기자들 때문에 파괴될까 봐 여전히 걱정하고 있었다. 그날 이후 우리는 취재를 위해 윤성여 씨와 거의 매일 동행했고 매번 첩보 작전을 하듯 집 앞에 차를 바짝 붙인 채 만났다.

　그러던 며칠 뒤 윤성여 씨를 집에 데려다주고 스태프 간식을 사려고 근처 슈퍼에 가고 있을 때였다.

　"안녕하세요. 저기 죄송하지만 혹시 윤성여 씨께 이걸 전해

주실 수 있으실까요?"

피로에 찌든 허연 얼굴의 젊은 남자가 명함을 건넸다. A 언론사의 기자였다. 그러자 옆 차에서 또 다른 남자가 내려 급히 명함을 건넸다. 그는 B 언론사 소속이었다. 윤성여 씨와 인터뷰를 성사시키라는 임무를 받고 서울에서 내려온 것이었다. 잠복(?) 중이던 그들은 우리 승합차를 보고 부탁을 해왔다. 그들은 아직 내 존재는 모르는 듯 어느 언론사에서 왔는지 물어봤다. 굳이 숨겨야 할 이유는 없었지만 괜히 같은 업계 종사자끼리 미안한 마음이 들어 대충 둘러대고 말았다. 명함은 꼭 전달하겠다고 말하곤 그들 손에 딸기우유를 하나씩 쥐여주었다.

윤성여 씨에게 다른 기자들의 명함을 전하자마자 그는 불같이 화를 냈다. 1989년, 체포된 자신을 범죄자 취급했던 기자들에 대한 트라우마 때문인지 명함을 꺼내자마자 다시 고슴도치가 되었고 나는 우물쭈물 눈치만 볼 뿐이었다.

어디서 소문이 났는지 그 후로도 여기저기에서 기자들이 연락을 해왔다. 심지어 얼굴조차 가물가물한 학교 선·후배들이 연락해서 기자로 먹고 살기 힘들다는 하소연과 함께 윤성여 씨 섭외를 간곡히 부탁하기도 했다. 본의 아니게 윤성여

씨의 매니지먼트를 담당하게 된 나는 그를 대신해 섭외 요청
을 정중히 거절해야만 했다. 심지어 너네는 인터뷰하고 우리
는 왜 못 하게 하냐고 따지듯 묻는 기자도 있었다. 그때마다
'그쪽 회사에는 30년 된 캐비닛이 없잖아요'라고 말하고 싶었
지만, 아직은 자료를 공개할 단계가 아니었기에 그저 죄송하
다고 말할 수밖에 없었다.

 2주 뒤, 경찰에서는 '화성 8차 사건' 재수사를 위해 윤성여
씨의 출석을 요청했다. 우린 아침 일찍 윤성여 씨를 관할 경
찰청이 있는 수원으로 모시고 왔다. 30년 만에 형사들을 만
난다는 사실에 윤성여 씨는 잔뜩 긴장하고 있었다. 물론 이
젠 고문당할 일도 없지만 오래전 트라우마가 떠오르는 듯 고
슴도치 모드에서 벗어나지 못했다. 경찰청 앞에는 전국의 모
든 언론사 카메라가 그를 기다리고 있었다. 잔뜩 얼어버린 그
는 우리가 곁에 있어주길 원하는 눈치였다. 그래서 경찰청 앞
부터 윤성여 씨와 변호사님 바로 옆에 서서 카메라를 들고 함
께 걸었다. 우리 카메라 감독도 있어서 내가 촬영할 필요는 없
었다. 다만 촬영을 핑계로 그의 옆에서 함께 걸어주고 싶었다.

 오후 2시에 시작한 조사는 밤까지 계속 되었다. 대기 중이
던 다른 언론사 기자들은 일일 근무시간 한도를 문제로 야간

조 기자들과 교대했다. 하지만 우리는 경찰청 주차장에서 내내 그를 기다렸다. 간간이 윤성여 씨가 바깥 계단으로 바람 쐬러 나올 때면 손을 흔들어 응원해 주었다. 조사에 입회한 변호사님께 필요한 내용을 문자로 공유해 주며 힘을 보탰다. 조사는 밤 12시가 넘어서 끝이 났다. 10시간이 넘는 긴 시간이었지만 다행히 윤성여 씨는 경찰청에서 웃으며 나왔다. 이번에 만난 형사들은 과거 형사들과 달리 친절한 분들이었다며 정말 고마웠다고 말했다.

2019년, 우리나라 사회부 기자에게 가장 뜨거운 존재였던 윤성여 씨는 나의 친구이자 동반자로서 함께 시간을 보냈다. 30여 년 만에 그가 고향 친구를 만날 때도, 수감 시절 도움을 줬던 교도관들을 다시 만날 때도 함께했다. 그리고 이젠 수시로 통화하며 서로의 안부를 묻고 별일 없어도 만나서 밥 먹고 수다를 떠는 사이가 되었다.

방송 이후, 〈그것이 알고 싶다〉 방송 자료는 윤성여 씨의 재심청구서 증거 1호로 법원에 제출되었다. 이후 세상 모두가 아는 것처럼 그는 무죄 판결을 받았고 누명을 벗었다. 무죄 확정으로 받은 보상금의 대부분은 고통 속에서 살아온 가족들과 사회복지단체, 다른 사법 피해자들과 함께 설립한 공익 재단 〈등대장학회〉로 보내졌다. 그리고 그는 여전히 공장에서 3교대 근무를 하고, 기자들이 기다리던 그 다세대 주택에서 월세를 내며 살고 있다.

우리나라에서 가장 유명했던 범죄 사건의 범인이라는 누명을 쓴 남자. 살아남기 위해 고슴도치처럼 숨어 살아야 했던 윤성여 씨. 내가 만난 사람 중 가장 맑고 순수하며 천사 같은 그가 이제는 행복하고 편안한 여생을 누릴 수 있길 진심으로 바라고 응원한다. 그를 존경하는 친구로서 말이다.

'정인아 미안해' 검색어 순위 함락 작전

"형, 아시죠? 아동학대 사건은 시청률이 안 나온다는 거."

친한 후배의 말처럼 아동학대 사건을 다룬 방송은 예로부터 항상 시청률이 저조했다. 객관적 근거가 있는 것은 아니지만 경험과 쩜바(?)로 무장된 방송쟁이들이 그 이유를 추정한 바로는 다음과 같다. 일반적으로 남성의 경우 아동학대 사건에 관심이 적어 티브이를 보다가 꺼버릴 가능성이 아주 높다. 그에 비해 여성은 상대적으로 관심은 높지만 사건의 잔혹함을 보기 힘들어 역시나 티브이를 꺼버릴 가능성이 매우 높다.

하여튼 본다고 해도 중간에 시청을 포기할 가능성이 높아 아동학대 사건을 다룬 방송은 항상 시청률이 낮게 나온다는 얘기다.

물론 피디에게, 방송의 시청률만이 전부는 아니다. 특히 〈그것이 알고 싶다〉처럼 30년 이상 된 장수 프로그램이면서 사회적 상징성까지 있는 경우 하루하루의 시청률에 일희일비하진 않는다. 시청률 몇 번 안 나온다고 존폐 여부를 걱정해야 할 수준은 아니니까. 하지만 그런 건 있다. 방송 콘텐츠는 사람들에게 봐달라고, 감동이든 재미든 의미든 콘텐츠를 소비해 주길 바라는 마음으로 만드는 것이다. 근데 그걸 아무도 안 본다면 결국 아무도 사지 않는 장화 같은 게 된다. 아무도 안 쓰는데 뭐 하러 돈 들여서 만들지? 결국 그건 내가 한 일이 무의미하다는 뜻이기도 하다. 게다가 탐사보도 프로그램의 경우에는 많은 제보자들이 인터뷰에 참여하게 된다. 아동학대 사건이라면 제보자가 피해자 또는 가해자와 직접적으로 관계된 사람일 가능성이 매우 높다. 예를 들면 가해자의 친구, 직장 동료, 심지어 피해 아동의 보육시설 관계자일 수 있다. 신상을 숨긴다 해도 인터뷰 내용만으로도 가해자가 제보자를 유추할 수 있는 사이이다. 그래서 누구든 인터뷰 제안을 받으면 이런 생각부터 할 것이다.

'유죄판결을 받고 교도소에서 가더라도 혹시 나중에 출소해서 나를 찾아오면 어떻게 하지?'

결국 카메라 앞에서 인터뷰를 한다는 건 혹시 모를 훗날의 위협이나 두려움 아니면 명예훼손 등 법적 소송을 각오할 용기를 냈다는 거다. 그걸 알아차리는 순간 그저 밥벌이에 불과했던 피디 일에 부담과 책임감이 얹어진다. 동시에 내 머릿속은 '죄송합니다'라는 말만 가득 채워진다. 그들의 고민과 용기, 노력에도 불구하고 아동학대를 다룬 방송은 사람들이 관심을 가져주지 않으니 말이다. 연기가 날아가듯 무관심 속에 방송이 소멸되면 그것만큼 힘들고 고달픈 일이 없다. 특히 제보자분들께는 정말, 얼굴을 보고 인사드릴 면목이 없다.

당연히 시청률이 낮을 게 분명하다고 예단했던 나는 취재하는 내내 제보자를 만나는 일 자체가 두려웠다. 그들이 조만간 느낄 허무와 공허함이 빤히 보였다. 방송 이후 그들이 토로할 감정을 들어줄 자신도 없었다. 나는 그저 내 멘탈 챙기기도 벅찬 삼십 대 회사원에 불과하니까.

어두운 미래에 대한 두려움으로 나도 모르게 인터뷰가 끝날 때마다 제보자에게 상황을 설명하기 시작했다. 아동학대 사건을 다룬 방송은 사람들이 잘 보지 않아서 시청률이 나오지 않는다고. 물론 우리 제작진은 밤새워 가며 최선을 다해 방송을 만들겠지만 누군가의 최선만으로 뭔가가 이뤄지는 세상이 아닌 걸 아시지 않느냐며. 그러니 방송에 큰 기대를 하시지 말라고 신신당부를 했다. 그건 마치 제보자를 위한 예방주사처럼 보였지만 사실 방송 후 닥칠 상황을 회피하려는 피디의 비겁한 변명이었다.

방송에 대한 안내인 척, 미리 전하는 위로인 척, 구차한 변명거리를 늘어놓을 때마다 사람들은 오히려 나를 위로했다. 자신들은 어차피 모든 걸 각오하고 카메라 앞에 앉았으니 피디님이야말로 시청률이 낮게 나와도 너무 상처받지 말라고 걱정해 주었다. 매일 집에도 못 가고 이 고생을 해서 방송 만드는 것만으로도 감사하다며 제작진을 진심으로 응원해 주었다. 집에서 티브이로도 보고 휴대폰도 켜놓고 심지어 일가친척 다 동원해서 시청률 0.001퍼센트라도 올려주겠다는 분도 계셨다. 이게 다 속 좁은 나의 변명인 줄도 모르고 사람들은 계속 등을 두들겨 주었다. 일하며 처음 느껴보는 찜찜한 기분이었다.

이윽고 방송이 코앞으로 다가왔다. 편집, 재연 촬영 등 마무리 작업을 하며 제작진은 밤을 새워 열심히 방송을 만들었다. 크리스마스도, 그해의 마지막 날도 제작진과 함께 보냈다. 닥쳐올 방송의 피드백이 어떠하든 그저 우리는 하던 대로 맡은 업무에 최선을 다할 뿐이었다. 그렇게 일을 하던 방송 전날 밤, 취재를 도와주시던 단체 '대한아동학대방지협회'의 대표님께 연락이 왔다.

"제작진분들이 밤새며 고생하시는데 뭐라도 해야 할 것 같아서요. 우리 회원들뿐만 아니라 전국의 맘카페 회원들까지 힘을 모아서 방송하는 날 네이버 실시간 검색어 1위를 만들어보려고 해요. 잘 될지 모르겠지만 남편, 자식 할 것 없이 집에 있는 노트북, 휴대폰을 전부 모아서 온 힘을 다해보려고요."

'정인아 미안해' 여섯 글자를 검색어 1위로 올려 많은 사람들이 방송을 볼 수 있게 홍보하겠다는 것이었다. "사람들이 방송을 안 봐도 너무 상처받지 마세요." 제보자들을 위한 말 같았지만 실상은 담당 피디를 원망하지 말아달라는 그 말이 그들을 움직이게 만들었던 것 같다. 많은 분들이 여러 맘카페에서 활동하며 시청률을 올릴 방법을 찾았다. 그러다 나온 아이디어가 '정인아 미안해'를 포털 사이트 검색어 1위로 만들어보자는 거였다고. 대표님은 방송 당일인 토요일 오전 10시부터 딱 한 시간 동안 모든 화력을 집중해서 1위를 찍어보겠다고 했다. 그의 표현에 따르면 세상에서 가장 무섭다는(?) 엄마들의 화력을 총동원하면 그 정도는 문제없다고 했다.

물론 나는 당연히 불가능하다고 생각했다. 과거, 포털 사이트 검색어 순위와 관련된 취재를 해본 적이 있었다. 그래서 검색어 순위에 인위적으로 어떤 단어를 올리는 게 얼마나 어려운 일인지 잘 알고 있었다. 단 1퍼센트의 기대도 하지 않았다. 다만 애써주시는 많은 분들의 마음만큼은 정말 따뜻하고 든든했다. 함께 밤새는 피디, 작가들에게 그 마음을 공유하며 서로를 격려했다. 그렇게 방송 전, 마지막 밤을 새고 마침내 방송 날 아침을 편집실에서 맞이했다.

모닝커피를 나눠 마시다 시계를 보니 어느덧 오전 10시 10분이었다. 혹시나 하고 휴대폰을 열었다. 포털 사이트 검색어 순위는 다른 사건 사고 소식으로 채워져 있었다. 그럼 그렇지, 이게 될 리가 없었다. 불법 마케팅 업체에서 매크로를 돌려도 쉽지 않은 일인데 사람들이 손가락으로 버튼만 계속 누른다고 될 리가 없었다. 휴대폰을 덮어두고 남은 작업에 박차를 가했다.

"엇, 피디님. 네이버에 진짜 떴어요!"

후배 피디가 휴대폰을 드밀었다. 네이버 검색어 순위 9위에 '정인아 미안해'라는 문구가 적혀 있었다. 맙소사, 진짜 10위 권 안에 들어오다니. 정말로 '엄마'들의 힘이 대단한 건가? 그 때 시각이 오전 10시 40분. 40분 동안 열심히 눌러 여기까지 왔으면 남은 20분 동안 순위를 더 올릴 수 있을 것만 같았다. 방송까지 대략 열두 시간이 남아 있었다. 지금부터 쉬지 않고 일해야 아슬아슬하게 방송 사고를 피할 상황이었지만 일이 손에 잡히지 않았다. 남은 20분 동안 휴대폰을 들고 끊임없 이 새로 고침 버튼을 눌렀다. 8위, 7위, 6위… 그러다 2위까지 올랐다. 다 왔다! 조금만 더!

11시가 되었지만 전국에서 집집마다 이걸 하고 있을 '엄마' 들도 2위인 걸 분명 알고 있을 터였다. 조금만 더 힘내서 1위 를 찍길 바랐다. 조금만 더, 조금만 더 하고 마음으로 열렬히 응 원했다. 하지만 11시 10분이 되어도, 20분이 되어도 1위에 오 르진 못했고 결국 순식간에 검색어 순위는 떨어지고 말았다.

전국 '엄마'들의 집중 공세에도 이길 수 없었던 그날의 검색 어 1위는 바로 '손흥민 100호골'이었다. 해외 리그에서 100호 골을 넣은 것도 대단한 일인데 마침 골을 넣은 날짜도 2021년

1월 2일 새해 초였다. 새해에 그만큼 기쁜 소식도 없을 테니 사람들이 몰려드는 게 당연했다.

손흥민의 골 소식과 별개로 검색어 2위에 '정인아 미안해'를 올린 것은 정말 대단한 일이다. 가내수공업 매크로 기술의 홍보 덕분에 우리도 힘이 났다. 잘하면 시청률이 얼추 평균은 맞출 수 있을 거란 기대를 살짝 품었다. 즐거운 상상에 아드레날린이 솟구쳤고 피로와 졸음이 사라지며 머리가 맑아졌다.

탐사보도 프로그램은 작은 팩트 하나라도 놓치면 방송 전체의 신뢰와 의미가 손상될 수 있다. 그래서 마지막까지 팩트체크를 하지만, 이번만큼은 정말 꼼꼼해야겠다 싶어 다시 도움을 주신 분들께 전화를 돌렸다. 그런데 전화를 받자마자 하나같이 하는 말이,

"피디님, 검색어 2위밖에 못해서 정말 죄송해요. 제작진들이 새해인데도 집에도 못 가고 그렇게 애쓰시는데 이것밖에 안 올라가네요."

따지고 보면 나는 그저 회사에서 맡은 바 업무를 할 뿐이었다. 방송 시간에 맞춰 콘텐츠를 제작하고 끝나면 집에 가서 뜨거운 물에 샤워하고 잠들면 그만이다. 그러고 나면 다음 방송 전까지 짧은 휴가를 떠나 재충전을 하고, 돌아오면 또 다

른 방송을 만든다. 그게 내게 주어진 업무이자 밥벌이다. 그런데 사람들은 자꾸 내게 미안하다고 했다. 취재하며 내가 얼마나 징징댔으면 제보자들에게 사과를 받는 상황이 되었나 싶어 민망했다. 하지만 곧 깨달았다. 취재를 돕고 제보해 주신 분들에게 이 방송은 단순한 프로그램 이상의 것이라는 것을.

잔인한 범죄로 한 아이가 세상을 떠난 사건에 많은 사람들이 단순한 분노를 넘어 죄책감을 느끼고 있었다. 특히 주변에서 아이를 봤던 사람들, 가해자인 양부모의 지인이나 아이의 보육과 관련된 업무를 하셨던 분들은 아이를 끝내 구하지 못한 것에 오래 괴로워했다. 이에 모든 걱정에도 불구하고 적극적으로 카메라 앞에 선 것이었다. 이미 모든 걸 각오한 사람들. 그들에게 이 프로그램은 그저 한 시간 동안 방영되고 끝나버릴 이벤트가 아니었다. 안타깝게 세상을 떠난 아이의 한을 풀어주는 행위이며 아동학대라는 범죄를 근절하기 위한 거대한 사회운동의 시작이었다. 보복의 두려움을 이겨낸 사람들의 용기 있는 행동 덕분에 단순하고 반복적인 나의 회사 생활이 숭고한 의미를 가진 사회적 행위로 바뀌어 있었다. 일개 직장인이 감당하기엔 너무 벅찬 의미였지만 내가 할 일은 단 하나뿐이었다. 어떻게든 문제없이 방송 제작을 마무리하는 것.

　마음을 다잡는 사이 후배 피디가 다시 편집실을 찾아왔다. '엄마'들이 밤 10시에 검색어 순위 1위에 재도전한다는 소식을 전했다. 방송 시간이 밤 11시 10분이니 10시부터 검색어를 띄워 사람들의 관심을 방송 시청으로 이어보겠다는 절실함이었다.

　나 또한 절실하게, 정말 죽도록 절실하게 일했다. 며칠간 제대로 된 수면을 이루지 못한 피로, 허기, 배고픔 등 인간의 모든 기본적인 욕구와 싸웠다. 다행히 방송 두 시간 전에야 모든 작업이 마무리되었다. 먹다 남은 김밥과 탑처럼 쌓인 빈 커피 잔, 온갖 서류로 전쟁터처럼 엉망이 된 편집실을 정리하고 있으니 마음이 공허해졌다. 하지만 이내 공허함은 걱정으로 바뀌었다. 혹시 실수하거나 놓친 게 있는 건 아닌지 불안했다. 정인이에게 한 점 부끄러움이 없을 정도로 죽을힘을 다했지만 걱정은 커져만 갔다.

　속 좁은 내 마음은 무의식중에 다시 핑곗거리를 만들고 있었다. 혹시 시청률이 바닥을 찍더라도 이 방송이 아동학대를 근절하는 데 아주 작은 디딤돌 하나는 되지 않겠냐고. 정말 하는 데까지 했는데도 안 되면, 그때 변명이라도 해보자고….

그러는 사이 밤 10시가 지나 포털 사이트 검색어 순위에 다시 '정인아 미안해'라는 문구가 떴다. 몇 분 지나지 않아 '손흥민 100호골'을 누르고 그토록 염원하던 전체 검색어 1위에 올랐다. 심장이 터질 듯 뛰었다. 고마운 마음이 아니었다. 공포 영화를 본 것처럼 너무 두렵고 무서워서 심장이 미친 듯이 쿵쾅거렸다.

'어렵게 인터뷰해 주신 분들이 방송을 보고 실망하면 어떻게 하지? 편집이 이상하다고, 내용 자체나 흐름이 별로여서 사람들이 보다가 티브이를 꺼버리면 어떻게 하지? 이렇게까지 분위기를 띄워놓고 망하면 나는… 이제 어떻게 하지?'

지구를 떠나고 싶은 마음이었다. 하지만 시간은 계속 흘렀고 드디어 방송 시간이 되었다. 내 눈엔 여전히 아쉬운 부분만 보였다. 죽도록 노력해도 민망하고 부끄러운 부분은 여전했다. 내 경험과 능력 부족 때문이었다. 문득 그런 생각이 들었다. 누군가 지금 내게 전화해서 방송 자체가 별로였다고 항의하면 뭐라고 변명해야 할까. 이런 식으로 제작할 거면 왜 우리에게 용기를 내 인터뷰하자고 했냐고 말하면 어떻게 사과

해야 할까. 원망 섞인 전화든 문자라든 뭐라도 날아오면 바닥
난 체력과 멘탈이 그걸 감당해 낼 수 없을 것 같았다.

악몽 같은 상상이 계속되자 휴대폰을 뒤집어 소파 귀퉁이
에 밀어버렸다. 잠시 뒤 휴대폰을 진동이 아닌 무음으로 바꿔
야겠다는 생각이 들었다. 휴대폰을 빼내려 손을 뻗는 순간,
갑자기 진동이 울렸다. 무서워 고개를 돌려버렸다. 밤 11시가
훌쩍 넘은 시간, 누군가 이 타이밍에 메시지를 보낸다면 방송
관련된 것 말고는 없을 터였다. 눈은 티브이를 보고 있었지만
모든 감각은 휴대폰을 향하고 있었다. 시간이 지날수록 진동
횟수는 더 많아졌고 불안감에 숨소리도 빨라졌다.

'방송 끝날 때까지 절대 열어보지 말자. 무슨 일인지 모르
겠지만 지금은 이 악물고 멘탈 단단히 잡고 버티자. 다 끝나고
한방에 전부 해결하자.'

그러거나 말거나 휴대폰의 떨림은 멈추지 않았다. 무슨 사
달이 나도 크게 났음이 틀림없었다. 결국 불안한 마음을 이기
지 못하고 떨리는 손으로 덜덜거리는 휴대폰을 집어 들었다.
차마 액정을 볼 수가 없어 눈을 질끈 감았다. 조심스럽게 암호
를 풀어 실눈으로 휴대폰을 확인했다. 문자와 카카오톡에 각
각 150이 넘는 숫자가 찍혀 있었다. 눈을 질끈 감아버렸다. 휴

대폰을 다시 소파 끝으로 던져버렸다.

 2021년 1월 3일 새벽, 그렇게 내 생애 가장 무서운 밤이 시
작되려 하고 있었다.

세상에서 가장 무서웠던
열흘 동안의 기록

위잉~ 위잉~. 나는 소파 끝에 붙어 몸을 웅크린 채 흔들리는 휴대폰을 바퀴벌레 보듯 보고 있었다. 진동 소리가 불규칙적인 걸로 봐선 전화는 아니었다. 다행이라 생각했다. 만일 방송 사고가 있었다면, 급히 수습해야 할 대형 사고가 터진 거라면 새벽 1시가 다 되어가는 이 시간에도 미친 듯이 전화가 걸려왔을 테니까.

누가 저렇게 많은 메시지를 계속해서 보내는 걸까. 10년 넘게 방송국 월급쟁이로 살며 한 번도 겪어보지 못한 일이었다. 불안에 떨면서도 호기심이 생겼다. 하지만 여전히 휴대폰을 열어볼 용기는 나지 않았다. 그러다 문득 '네이버 검색어 순위'가 떠올랐다. 지금 검색어 순위를 확인하면 메시지가 쏟아지는 이유를 추정할 수 있지 않을까. 뭔가 사고라도 터진 거라면 인터넷 세상이 난리가 났을 테니까 말이다.

여전히 달달거리는 휴대폰을 손끝으로 조심히 잡아 올렸다. 어떤 메시지도 아직은 읽을 용기가 없었다. 그렇다면 휴대폰을 열자마자 바로 네이버 메인 화면을 열어야 했다. 눈을 꾹 감은 채 다시 감각으로만 휴대폰 암호를 풀었다. 조심스럽게 네이버를 확인했다. 검색어 순위 1위는 여전히 '정인아 미안해'였다. 밤 10시부터 1위였으니 대략 두 시간 반 동안 1위를 유지한 셈이었다. 다행이다 싶었다. 그런데 놀라운 것은 2위에서 10위까지였다. '정인이 양모', '정인이 사건'부터 수사를 담당했던 경찰서와 입양기관까지, 모두 '정인이'와 관련된 검색어로 채워져 있었다.

나도 모르게 안도의 한숨이 나왔다. 검색어 순위가 어떠하든 시청률은 안 나왔을 거라 생각했다. 다만 이 정도로 화제가 되었다면 내일 아침부터 사람들이 '다시보기'로나마 방송을 봐줄 것 같았다. 제작진을 믿고 인터뷰해 준 많은 분들께 할 말이 생기는 셈이었다. 검색어 1위를 만드느라 애써주신 얼굴도 모르는 전국의 '엄마'들에게도 그렇고 말이다. 하여튼 '그나마 면이 서겠구나'라는 생각에 숨통이 트였다.

　멍하게 있다가 뒤통수가 저릿저릿함을 느꼈다. 이제야 뇌에 피가 좀 통하는 거 같았다. 흥건해진 손바닥의 땀을 바지에 닦아내곤 자세를 바로 잡고 휴대폰을 다시 집어 올렸다. '150'에서 '200'으로 늘어난 문자와 카카오톡의 숫자들. 앱을 눌러 보려고 하니 감전된 것처럼 손끝이 찌릿했다.

　"설마 별일이야 있겠어? 정신 차려. 아무 일도 없을 거야."

　호흡을 가다듬고 메시지를 열었다. 가장 먼저 읽은 것은 같이 일한 작가, 조연출 피디를 비롯한 제작진의 메시지였다. 리스크에 가장 민감하게 반응할 사람들이 고생했다며 서로를 격려하고 있었다. 잘 넘어갔구나 싶었다. 방송 내내 쫄아서 공포영화 보듯 덜덜 떨었던 걸 들키면 안 될 것 같았다. 메인 피디답게, 덤덤하게, 아무 일 없었던 듯 다들 고생했다는 말만 담백하게 했다. 바스러져 버린 두부 멘탈을 그렇게 잘 숨겼다. 같이 일하는 선후배의 격려 메시지도 있었다. 제작 과정을 누구보다 가장 잘 이해할 동업자들이 보낸 메시지여서 더 뿌듯하고 감사했다. 예상치 못했던 건 평소 연락이 뜸했던 지인들의 메시지였다. 방송 보고 많이 울었다고 했다. 고생하셨다고,

잘했다고 말해주는 지인들의 메시지에 괜히 울컥했다. '아동 학대' 이슈에 관심이 없던 분들까지 작은 울림을 느꼈다고 하니 그걸로 우리에게 주어진 역할은 충분히 해낸 셈이었다.

마지막으로 열어본 것이 제보자들이 보낸 메시지였다. 장문의 메시지였는데 마음이 아파 방송을 아예 볼 수 없었다는 내용이었다. 그래도 주변 반응으로 봐서 방송은 잘된 것 같다며 며칠 밤을 한숨도 못 자고 고생한 모든 제작진에게 꼭 감사 인사를 전해달라고 하셨다. 수십 개의 메시지가 다 같은 내용이었다. 괜히 코끝이 찡했다. 그리고 진심으로 부끄러웠다. 우린 그저 평소대로 돈을 벌기 위해 하던 일을 열심히 했을 뿐이니 말이다. 그게 이렇게 칭찬받을 만한 일은 아닌 것 같아서….

메시지를 다 읽고 하나씩 답을 하다 보니 어느덧 새벽 2시가 넘어가고 있었다. 며칠 밤을 제대로 못 잤지만 전혀 졸리지 않았다. 기사도 읽어 보고 사람들의 반응도 살펴보다 회사 유튜브 채널에 달린 댓글을 읽게 되었다. 그리곤 혼자 소리 내어 펑펑 울고 말았다.

시청률이 저조할 것이라 굳게 믿었던 나는, 방송 전날 유튜브팀 선배 피디에게 도움을 청했다. 캠페인 영상 하나를 따로

만들었는데 그걸 방송 끝나는 시간에 업로드 해달라고 부탁
드렸다. '정인아 미안해'라는 이름의 영상이었다. 시청률과 화
제성이 저조할 것을 대비한 일종의 플랜 B였다.

이 플랜의 시작은 방송을 같이 제작한 정문명 작가의 아이
디어였다. 방송 전 일반 시민들로부터 '정인아 미안해'라는 문
구를 들고 찍은 사진을 미리 받아 편집한 뒤 방송 마지막에
넣어보자는 것이었다. 많은 사람들이 아동학대 범죄 근절에
동참하고 있음을 알리자는 취지에서 낸 아이디어였다. 나는
적극 찬성했고 곧바로 캠페인을 도와주십사 '대한아동학대방
지협회'에 알렸다. 협회뿐 아니라 여러 맘카페에도 홍보가 되
었다. 단 5일 만에 무려 1,844명의 시민들이 사진을 보내주셨
다. 그 사진을 모아 만든 영상을 따로 회사 유튜브에 올린 것
이었다. 방송은 묻히더라도 '정인아 미안해' 영상만큼은 유튜
브 세상에 오래오래 남길 바랐다. 갑작스러운 부탁에도 선배
는 '정인아 미안해' 영상을 방송 직후 업로드해 주셨다.

본방송이 끝난 지 두 시간도 되지 않았지만 유튜브 영상
조회 수는 50만을 넘었다. 댓글도 수천 개가 달렸다. 그걸 읽
으며 혼자 펑펑 울었다. 이렇게 많은 사람들이 함께 슬퍼하고
분노할 줄은 상상도 못했다. 방송 일을 하며 처음 느껴본 감

동이었다.

다시 겁이 나기 시작한 건 방송 다음 날이었던 일요일 점심 무렵이었다. 2021년의 새해 첫 주말답게 많은 일이 있었지만 여전히 모든 포털 사이트 검색어 1위는 '정인아 미안해'였다. 시민들은 너나 할 것 없이 '정인아 미안해'라는 문구를 들고 찍은 사진을 SNS에 올렸다. '#정인아미안해' 해시태그가 달린 SNS 게시물은 10만 개를 넘어섰다. 유튜브 영상 조회 수도 100만에 다다랐다. 모든 언론사에서 새로운 기사가 멈추지 않고 올라왔다.

일요일 오후니까, 무려 새해 첫 일요일이니까, 해질 무렵이 되면 잠잠해질 거라 생각했다. 아니, 잠잠해지길 바랐다. 모든 분들이 가족, 친구, 연인과 함께 맛있는 저녁을 먹으며 잠시 이 사건을 잊어주시길 바랐다. 완전히 잊어달라는 마음은 절대 아니었지만 이쯤에서 멈춰주길 바라는 간사한 마음이 나도 모르게 앞서갔다. 처음 경험해 보는 거대한 여론의 파도에 혹시라도 다른 큰일이 벌어질지 모른다는 막연한 두려움이 스멀스멀 피어올랐다.

다행히 내 바람대로 해가 지자 모든 게 잠잠해졌다. 여전히 검색어 1위는 '정인아 미안해'였지만 다른 관련 검색어는 순위에서 사라졌다. SNS에 올라오는 해시태그의 양도 급격히 줄어들었다. 이제 끝났구나 싶었다. 남은 밤을 조용히 보내고 다음 날인 월요일에 출근해서 본부장, 국장, CP 등 회사 관리자들께 칭찬받고 저녁에 같이 고생한 제작진과 격한 회식을 한 뒤 헤어지면 될 일이었다. 모든 것을 끝내고 며칠간의 휴가를 떠나는 게 원래 우리의 루틴이니까. 휴가가 끝나면 다음 방송 아이템을 찾아 헤매는 지옥 같은 시간이 다시 찾아오겠지만.

'피디님, 혹시 지금 뜬 기사 보셨어요?'

예사롭지 않은 후배의 메시지. 아직 밤이 깊어지기 전이었다. 급히 포털 사이트를 열고 '정인아 미안해'를 눌렀다. 모든 기사 제목에 'BTS'라는 글자가 있었다. 방송이랑 아무 상관도 없는 BTS가 왜 이 사건 기사에 나온단 말인가? BTS 멤버 중 한 명이 우리 방송을 보고 '#정인아미안해'라는 해시태그로 SNS에 게시물을 올렸다고 했다.

부랴부랴 인스타그램을 열었다. 사실이었다. 세계를 점령한 BTS가 함께 슬퍼해 주다니. 믿기지 않아 같은 게시물을 보고 또 봤다. BTS답게 이미 그 게시물의 하트는 수십만 개였다. 이만하면 제보자분들께 대놓고 생색내도 되겠다 싶은 생각이 들었다. 아니, 우리 팀처럼 일 잘하는 방송쟁이들이 또 어디 있단 말인가?

그런데 그게 또 다른 시작이 될 줄은 몰랐다. BTS가 움직이자 '아미'들도 빠르게 동참하기 시작했다. '#정인아미안해' 해시태그가 달린 게시물이 또 급증했다. 심지어 해시태그가 '#Sorryjungin'으로 바뀌어 전 세계로 퍼지고 있었다. 일본어, 프랑스어, 중국어 해시태그도 등장했다. 한 시간도 걸리지 않았다. 우리 방송으로 시작된 이 사건이 글로벌 이슈로 변하는 순간이었다. 나도 모르게 어금니를 물었다. 앞으로 무슨 일이 닥쳐오건 정신 바짝 차려야 된다는 생각밖에 들지 않았다.

새해 벽두부터 몰아치는 여론의 흐름을, 어쩌면 사회적 공분이라는 방송의 목적을 달성한 그 순간이 두려웠다. 이 사실에 공감하는 사람은 아마 함께 일한 우리 팀밖에 없을 것이다. 이슈를 일으키는 방송을 만들면서 정작 대중의 관심이 커질수록 두려워한다는 건 아이러니한 일이니까.

범죄로 억울하게 세상을 떠난 아이를 위해 제보자들이 모였기에 이 방송을 시작할 수 있었다. 그들은 '아동학대치사'라는 범죄 혐의로 기소된 양모가 '살인'으로 처벌받아야 한다는 의견이었다. 범죄에 따라 형량이 다르기 때문이기도 하지만 단순히 '아동학대'로 인한 사망이 아닌 '살인'에 준하는 범죄 행위라고 생각했기 때문이다. 그래서 추후 보복에 대한 두려움에도 불구하고 많은 분들이 직접 나서서 진실을 알리려 했다. 물론 우리 제작진도 고생했지만 사실 방송이 가능했던 건 어렵게 용기를 낸 제보자들 덕분이다. 그분들 덕분에 온 세상 사람들이 이 사건에 관심을 갖게 되었다.

이제 세상 모두가 이 방송을 보았다. 혹시라도 인터뷰 한마디, 자막 하나, 그 어떤 미세한 부분 하나라도 팩트와 다를 경우 방송 자체에 대한 신뢰가 흔들린다. 가해자 측에서 이를 문제 삼을지도 모른다. 핵심 사안이 아니더라도 상관없다. 모든 언론사가 지켜보고 있는 상황이라면 작은 꼬투리 하나만 잡혀도 부정적인 기사가 쏟아질 수 있다. 혹시 그런 일이 벌어진다면 제작진이 욕먹는 게 문제가 아니다. 300여 명 제보자들의 노력이 물거품이 될 테고 '정인아 미안해'는 없던 일이 될 수도 있다.

우리는 언제나 돌다리를 몇십 번씩 두드리는 마음으로 방송을 만든다. 팩트 체크라는 기본 원칙을 지키기 위함이지만 종종 방송본이 법원에 중요 증거로 제출된 경험이 있기 때문이기도 하다. 이번 케이스 역시 취재를 하며 방송본이 법정에 증거로 제출될 수 있다고 생각했다. 제보자들뿐만 아니라 자료를 분석해 준 많은 전문가도 증인으로 법정에 출석할 각오를 하고 있었다. 함께 일한 작가진은 팩트 체크에만 며칠 밤을 지새웠다. 그렇게 만든 방송이기에 자신 있었지만 여전히 초조하고 불안해서 잠을 이루지 못했다. 꼭 발가벗겨진 채로 세상 사람들에게 평가받는 기분이랄까….

　방송 이틀이 지난 월요일 아침, 다행히 걱정할 만한 상황은 일어나지 않았다. 아니, 오히려 그 반대였다. 사실 아이가 사망하기 전 이미 세 차례나 아동학대 의심 신고가 있었다. 보육기관, 이웃 시민, 그리고 소아과 의사의 신고였다. 하지만 수사기관에서 이를 놓쳤고 결국 아이를 구할 수 있는 기회는 모두 사라지고 말았다.

　시민들은 이 사실에 매우 분노했다. 그러자 새해 첫 월요일부터 대통령이 사건을 직접 언급하며 대책 마련을 주문했다. 나음 날인 화요일에는 국무총리가 직접 내국민 사과문을 발표했다. 급기야 수요일 오전에는 경찰청장이 기자회견장에서 수사의 미진함에 대한 책임으로 고개를 숙여 사과했다. 수사를 담당했던 책임자들은 즉시 보직 해임되어, 징계위원회에 넘겨졌다.

국회에서도 대책 마련에 나섰다. 여야를 가리지 않고 무려 열한 명의 국회의원이 '아동학대특례법' 개정안을 각각 발표했다. 개정안은 일명 '정인이법'으로 빠르게 통합되었고 방송 5일째 되던 날 국회 본회의를 통과하였다. 일주일도 채 안 되어, 대한민국의 법이 바뀐 것이다.

세상이 빠르게 돌아가는 동안 휴대폰의 진동은 여전히 멈추지 않았다. 사회 각계각층으로부터 매일 100여 통 이상의 전화를 받았다. 법률안 개정이나 정부 대책 마련을 위해, 우리가 취재를 통해 단독으로 입수한 자료를 공유해 달라는 요청이었다. 심지어 타 언론사 기자까지도 자료 공유를 부탁했다. 관행상 응하기 어려운 일이었지만 논의 끝에 제보자들의 동의를 얻어 자료를 공유하기로 했다. 방송으로 거대한 사회적 이슈가 만들어진 상황에서, 우리에게 주어진 사회적 책무를 다해야 한다고 믿었기 때문이다.

그러던 중, 방송이 끝나고 출근한 월요일 아침 일찍 걸려온 전화가 한 통 있었다. '02'로 시작하는 낯선 번호였다.

"안녕하세요. 이동원 피디님 되시죠? 여기 검찰청인데요."

검찰청 담당 수사팀의 연락이었다. 며칠 뒤 앞둔 첫 공판을 위한 협조를 요청했다. 한 번은 연락이 올 거라 생각했지만 월요일 오전부터 바로 올 줄은 몰랐다. 공판 전 준비할 게 많으니 급하겠구나 싶었다. 정신없는 와중에 그날 오후 부랴부랴 검찰청으로 향했다. 1층 로비에 가서 출입 절차를 밟고 방문증을 받아서 올라갔다. 처음 가보는 검찰청이었다. 따로 안내해 주시는 분이 없어서 가는 길을 물어물어 해당 수사팀 사무실에 도착했다.

문을 열었지만 아무도 응대를 해주지 않았다. 모두 나를 챙겨줄 여유 같은 건 없어 보였다. 한 수사관이 나를 알아보고 안쪽에 있는 가운데 책상으로 안내했다. 그 책상에 앉아 있던 사람이 이렇게 물었다.

"어떤 거 가지고 계세요?"

인사도 없이 얼굴도 보지 않고 첫마디부터 대뜸 그렇게 말하는 이 분위기…. 한눈에 봐도 검사인 게 분명한데 이건 뭐지, 싶은 생각이 들었다. 불러서 왔는데 문전박대를 낭하는 것 같아 기분이 이상했지만 일단 명함을 드리고 소속과 이름을 밝히며 먼저 인사를 건넸다. 담당 검사도 바빠서 정신이 없었다며 사과를 했다. 방송 이후 언론 보도가 많아지면서 검찰청 안팎으로 관심이 집중된 탓인 것 같았다. 충분히 예민할 만한 상황이니 이해하고 뭐든 협조하기로 마음을 먹었다.

검사는 취재하며 확보한 해외 논문 자료를 줄 수 있는지 물었다. 첫 공판이 코앞인데 번역에 자료 분석까지 하려면 시간이 촉박하다고 했다. 나는 이미 번역이며 자료 분석까지 다 해두었으니 전부 제공하겠다고 했다. 방송에 나간 실험 영상의 원본도 공유를 요청했다. 그 역시 협조가 가능하니 방송국으로 찾아오라고 했다. 다음 날 검찰청 수사관이 외장하드를 들고 방송국에 찾아왔고, 정식 절차를 밟아 요청한 자료를 모두 조건 없이 제공해 주었다.

그로부터 열흘 뒤 있었던 첫 번째 공판. 간밤에 큰 눈이 내려 모든 세상이 하얀 색이었던 그날, 시민들이 세운 수백 개의 근조화환이 법원 울타리를 둘러쌌다. 매서운 바람이 부는 추운 날이었지만 새벽 6시부터 100여 명의 취재진과 중계차가 법원 주차장에 진을 쳤다. 내가 이름을 아는 언론사는 모두 온 것 같았다. 수백여 명의 시민들 역시 아침부터 법원을 찾았다. 우리가 취재를 하며 만난 분들도 모두 계셨다. 손을 잡고 인사를 나누기도, 함께 눈물을 흘리기도 했다. 추위 속에서 모두가 떨리는 마음으로 재판 결과를 기다렸다.

오전에 열린 첫 공판에서 검사는 공소장 변경을 신청했다.

정인이 양모의 혐의를 '아동학대치사'에서 '살인'으로 변경했다. 현장에서 기자들이 생중계로 그 소식을 알렸다. 많은 시민들이 부둥켜안고 눈물을 흘렸다. 나중에 안 사실이지만 검사는 우리가 제공한 자료를 증거로 제출했다고 한다. 우리 방송의 실험 영상 역시 판사와 방청객 앞에서 상영하는 시간을 가졌다고 한다.

　현장에 있는 내내 어깨를 짓누르는 책임감을 느꼈다. 나뿐만 아니라 우리 피디, 작가, 카메라 감독, 차량을 운행하는 기장님까지 모두가 함께 느낀 부담감이었다. 우리가 만든 방송이 가져온 파급 효과인 만큼 남은 의무를 다해야 한다고 생각했다. 그래서 받아야 할 휴가를 반납하고 모두가 함께 후속 방송 제작에 나섰다. 평소의 1/3 밖에 안 되는 짧은 제작 기간 동안 원래 분량보다 15분이나 더 긴 방송을 만들었다. 체력적으로나 정신적으로 극한에 달하는 힘든 시간이었다. 하지만 함께 일하는 동료들과 묵묵히 뒤에서 받쳐준 CP, 팀장 선배 덕분에 무사히 끝낼 수 있었다.

　미치도록 무서웠던 그해 겨울은 한 아이의 죽음을 온전히 마주하며 보냈다. 이내 봄이 왔고 결국 아이의 양부와 양모 모두 법의 심판을 받게 되었다.

　사람들은 〈그것이 알고 싶다〉가 이 모든 일의 시작이었다고 말한다. 하지만 나는 그 시작이 우리가 아닌 제보자들이라는 것을 잘 알고 있다. 보복의 두려움에도 용기를 낸 사람들. 다른 제보자들을 설득하고 카메라 앞에서 함께 울며 인터뷰하던 사람들. '정인아 미안해'라는 문구를 들고 사진을 찍고, 검색어 순위를 올리겠다며 하루 종일 휴대폰을 놓지 않았던 많은 사람들. 이 방송은 그저 그들의 간절함을 담아 전달하는 도구였다. 나를 포함한 제작진은 그 도구를 만드는 기술자였을 뿐이다.

　다만 직업 덕분에 우리가 괜스레 칭찬받게 된 것 뿐이라고. 칭찬을 받을 수도 있는 밥벌이를 가진 운 좋은 사람들인 거라고. 정말, 그뿐이라고 생각한다.

3부

꿋꿋하게

'깡치'만 상대하는,
돈 못 모으는 변호사

방송국에서 일하다 보면, 기구한 사연을 가진 사람들을 많이 만난다. 살인 사건으로 가족을 잃은 사람, 사기를 당해 온 집안이 풍비박산된 사람, 잃어버린 가족을 찾아야겠다는 일념으로 20년째 전국을 돌며 플래카드를 붙인다는 절박한 사람. 다른 직업이었다면 평생 한 번 만나볼까 말까 한 사연을 가진 사람들을 생각보다 자주, 많이 만난다.

그런 분들 중 간혹 사건 서류를 보자기에 싸들고 불쑥 방송국 로비로 찾아오시는 분도 있다. 방송에서 슬쩍 본 피디의 이름으로 대뜸 사무실에 편지를 보내시기도 한다. 나 역시 몇 년째 그런 편지를 받고 있는데, 그걸 뜯어보는 날이면 하루 종일 마음이 편치 못하다. 오죽하면 여기까지 편지를 보내셨을까. 그 편지를 쓰는 동안 얼마나 많은 고민을 하셨을까.

그렇다고 쉽게 답장을 할 수도 없다. 단순한 답을 드리는 것만으로도, 절박한 누군가에겐 '희망 고문'이 되지 않을까 하는 생각이 들어서다. 편지를 보낸 사람의 주소가 구치소일 때는 더욱 망설여진다. 2.5평짜리 방에 갇힌 채 억울함을 호소하는 사람에게 작은 희망의 씨앗을 심는 건 얼마나 잔인한 일인가.

피디에게 편지를 쓰고 등기로 자료를 보내고 심지어 소송 자료 원본을 통째로 들고 찾아오는 분들. 상식적으로 그들은 방송국이 아니라 변호사 사무실을 찾아가 어떻게든 법적 조력을 구하는 게 맞다. 그렇다면 그들이 변호사를 안 찾아가 봤을까? 아니다. 그들은 서초동 거리를 돌고 돌다 결국 여기까지 오게 된다.

갈 데까지 가본 사람들. 법조계에서는 이런 사람들을 '깡치'라 부른다. 검토할 자료는 너무 많은데 그렇다고 해결할 만한 단서는 찾을 수도 없다. 수임료를 비싸게 받을 수도 없는데 누구보다 열성적으로 연락하고 수시로 찾아와 시간까지 많이 잡아먹는다. 많은 변호사들이 이런 '깡치 사건'을 기피한다.

어찌 보면 당연한 일이다. 변호사도 직업이고 한정된 시간을 활용하는 누군가의 소중한 밥벌이다. 그러니 '깡치'를 회피하는 변호사를 탓할 수는 없다. 절박한 의뢰인은 변호사가 사건에 미온적이라 해도 절대 포기하지 않는다. 경찰서, 검찰청, 국민권익위원회, 국민신문고 등 모든 곳을 찾아다니며 억울함을 호소한다. 그러다 마지막에 찾게 되는 곳이 바로 내가 일하는 사무실이다.

아! 한 군데 더 있다. 세상 사람들에게 '정의로운 변호사'로 알려진 사람. 제대로 된 사무실 한 칸 없지만 억울한 이를 위해 수임료 한 푼 받지 않고 발바닥에 땀나도록 뛰어다니는 바로 그 사람. 하지만 처음 만난 그는 내게 이 세상 최악의 '깡치'였다.

"피디님, 어떻게든 열심히 하다 보면 모두 마음의 문을 열게 되지 않겠습니까?"

무슨 주문을 외우는 것도 아니고⋯, 마음의 문 같은 소리하고 있네. 땡볕이 내리쬐는 한여름, 경상도 어느 아파트 단지에 주차한 좁은 렌터카 뒷좌석에 앉아 천하태평으로 말하는 그가 너무나 싫었다. 당시 우리는 마약 혐의로 누명을 쓴 전직 공무원의 명예 회복을 위한 취재 중이었다. 우리가 '마음의 문'을 열어야 하는 사람은 그 공무원에게 누명을 씌운 사람의 '전 와이프'였다.* 현재는 다른 사람과 재혼해서 새 가정을 꾸린 사람을 찾아가 이미 헤어진 '전 남편'에 대해 인터뷰해 달라고 부탁하는 상황이었다. 1~2년도 아니고 무려 십수 년 전 사건이니 인간된 도리상 참 면목 없는 일이었다.

처음부터 이 인터뷰는 무조건 실패한다고 생각했다. 그런데 열정적인 그 변호사가 가보자고 제안했다. 집 앞까지 가보면 어떻게든 방법이 나올 거라고. 여러 무용담으로 잘 알려진 변호사였기에 특별한 비법이라도 있나 싶어 일단 따라나섰다. 근데 정작 '전 와이프'의 집 앞에 와서 한다는 게 고작 전화를 거는 것이었다. 그마저도 바로 차단당해 목소리조차 들어보지 못한 채 10초 만에 모든 기회는 사라져 버렸다.

"걱정 마세요, 피디님. 지금부터 제가 문자를 보내서 설득해보겠습니다. 모든 진심을 다해서 있는 그대로 전달하면 마음의 문을 안 열어줄 사람이 없습니다. 믿어보십쇼."

"그러면 변호사님, 혹시… 얼마나 기다려야 할까요?"

● 누명을 씌운 그 남자를 만날 수 없는 상황이어서 어쩔 수 없이 전 와이프를 찾아가게 되었다.

"아마 2~3개월이면 충분히 되지 않겠습니까?"

2~3개월이라고요? 저는 당장 다음 주에 이 사건을 방송해야 되는 입장이지 말입니다. 아니 무슨, 변호사가 이렇게 남의 속도 모르고 천하태평하게 얘기를 하는지. 세상 물정 모르는 사람! 뭘 하든 절대 돈은 못 벌 양반! 어쩌다 저런 사람을 믿고 여기까지 온 건지. 더운 날씨에 속에서 천불까지 나니 확 다 엎어버리고 싶었다.

하지만 당시 5년차 피디였던 나에겐 그럴 용기가 없었다. 사실 사건 취재를 먼저 제안한 것이 그 변호사였다. 평소 친분이 있던 우리 팀 작가님께 그가 먼저 연락했다. 나는 이 변호사만 믿고 한반도 끝자락까지 지방 출장을 온 터였다. 그러니 이 사람과 지금 싸웠다가는 방송이고 뭐고 다 취소될 것 같은 두려움이 들었다. 서울에서 나를 기다리는 팀장의 얼굴도 함께 떠올랐다. 무서운 상상을 하자 가슴이 철렁 내려앉았다.

게다가 순수함 그 자체인 변호사는 나와 띠동갑인 형님이었다. 머리숱도 많지 않아 그 이상으로 나이가 들어 보이기까지 했다. 그에게 대드는 건 남들 보기에 좋지 않은 일이었다. 그럼 대체 뭘 해야 하는 것인가. 내가 속으로 무슨 생각을 하든 그는 한 땀 한 땀 공들여 진득하고 성실한 모습으로 메시지를 채우고 있었다. 룸미러로 눈이 마주칠 때마다 안경 너머로 멋쩍게 웃어 보이던 그는 장장 20여 분간 내 속을 태웠다. 이렇게 바쁜 와중에 얼굴도 모르는 사람의 '마음의 문'이 열리길 두 손 모아 기도하게 될 줄이야.

모두의 예상대로 아무 일도 일어나지 않았다. 하지만 어떻게든 정해진 날짜에 방송을 해야 했던 나는, 다른 취재를 빨리 진행해야만 했다. 생각보다 취재는 어려웠고 우여곡절도 많았다. 그때마다 이 고생길에 나를 끌어들인 변호사가 원망스러웠지만 그렇다고 포기할 수는 없었다. 어떻게든 날짜에 맞춰서 방송을 '납품'하고 이번 달 월급도 무사히 받아 대출 이자를 갚아야 할 테니까. 월급쟁이의 삶이 다 그런 것 아닌가. 다행히 취재 기간 안에 방송을 낼 수 있을 정도로 자료를 모았다. 이제 편집 전 마지막 단계인 전문가 인터뷰로 그 변호사를 다시 만나야 할 일만 남았다. 그의 얼굴만 봐도 짜증이 폭발할 것 같았지만 어쩔 수 없었다. '프로답게' 꾹 참고 촬영을 끝내는 수밖에.

변호사와의 인터뷰를 위해 작은 카페를 대관했다. 같이 일하는 피디, 작가들이 사건 취재를 먼저 제안한 변호사님이니 잘 챙겨주자고 했다. 평소보다 더 제작비를 들여 나름 괜찮은 카페를 빌리고 촬영을 준비했다. 프로페셔널한 방송인답게 진정성 없는 마음과 모자란 제작비를 쥐어짜 인터뷰 촬영 준비를 완벽하게 했다.

그런데 그가 무려 30분이나 지각해 버렸다. 허둥지둥 뛰어온 그는 멋쩍은 얼굴로 웃으며 미안하다고 했다. 언젠가 본 적 있는 미소. 얼마 전 렌터카 뒷좌석에서 '마음의 문'이 열리는 주문을 외울 때 본 그 미소였다. 사람 좋고, 사람만 좋아 보이고, 정말 남의 속 천불나게 하는 미소에 어금니 악물고 참았다. 인터뷰가 1초라도 빨리 끝나야만 얼른 헤어질 수 있으니까.

눈치를 살피던 변호사는 카페 대관 시간이 얼마 안 남은 거 아니냐며 얼른 인터뷰를 하자고 했다. 늦게 온 만큼 최선을 다해서 모든 걸 이야기하겠다고 했다. 그는 정말로 최선을 다해, 바닥까지 싹싹 긁어서 할 수 있는 얘기를 다했다. 그 누구보다도 진득하고 성실하게 인터뷰를 해주었다. 덕분에 약속한 대관 시간도 훌쩍 넘겨버렸다. 같이 간 조연출은 뒤에서 지켜보던 카페 사장님께 '금방 끝날 겁니다'라는 거짓말을 하며 인터뷰 내내 싹싹 빌고 있었다. 그걸 아는지 모르는지 매우 흡족해하던 변호사. 결국 우리의 인터뷰는 카페 대관료를 두

배로 내고 마무리되었다.

"피디님, 이 정도로 말씀드리면 나중에 편집하실 때 도움이 되지 않겠습니까?"

누구보다 열심히 인터뷰를 해줬는데 묘하게 기분이 나쁜 건 왜일까. 그가 왜 자꾸 빌런 같이 보이는 걸까. 속 좁은 내가 처음부터 꼬여 있기 때문인 걸까.

변호사와 묘하게 타이밍이 맞지 않는 건 그뿐만이 아니었다. 카페를 나오다 갑자기 '마음의 문'이 열리지 않은 사람을 취재하러 갔던 일을 사과했다. 취재하느라 바쁜 와중에 자기 때문에 일이 더 꼬인 것 아니냐며 미안해했다. '알긴 아시는 구나'라고 속으로 생각하면서도, '다른 도움을 많이 주셔서 오히려 감사했다'는 사회생활 미소로 답했다. 그렇게 인사치레를 끝내고 헤어지려는데, 그는 뜬금없이 다른 사람들이라도 설득해서 인터뷰를 시켜주겠다고 했다. 모든 걸 마무리하고 서울에 있는 편집실로 가야만 방송 시간을 맞출 수 있는데 추가 인터뷰라니요… 눈치 없는 그는 특유의 성실성으로 우리를 적극 돕고 싶다고 했다. 말린다고 멈출 그가 아니었다. 그 때부터 매일 밤 새벽 2시가 넘을 때쯤 섭외에 성공했다는 문자가 왔다. 급하게 준비해 밤낮으로 추가 인터뷰를 진행했다.

그가 섭외한 사람들의 인터뷰는 방송에 큰 도움이 되었다. 다만 진작 섭외했다면 더 좋았을 텐데, 막판에 몰리는 바람에 정신이 하나도 없었다. 그런 내 속을 아는지 모르는지 변호사는 꾸준히 성실하게 인터뷰할 사람들을 데려왔다. 그러면서 일관성 있게 항상 30분씩 지각했고 매번 특유의 멋쩍은 미소로 사과했다. 당연히 인터뷰도 매번 늦어졌고 대관료도 많아져 없는 제작비를 더 쥐어짜야 했다.

촬영이 다 끝나고 편집하는 내내 마음 졸이며 밤을 새웠다. 시간이 너무 부족했다. 변호사는 그러거나 말거나 방송에 도움이 될 것 같다며 뒤늦게 자료를 하나씩 보내줬다. 꼭 필요했던 소중한 자료들이었다. 왜 진작 안 줬냐고 원망할 시간도 없었던 나는, 방송 직전까지 발을 동동 굴러가며 후반 작업에 매진했다. 속에서 천불이 나고 머리가 터질 것 같았지만 다행히 방송은 제때 송출되었다. 회사 사람들은 변호사가 섭외해 준 사람들의 인터뷰와 자료 덕분에 방송에 깊이가 더해졌다며 칭찬했다. 나는 너무 괴로웠지만 결국 그의 성실함은 억울한 제보자를 돕는 데 큰 힘이 되었다. 얄밉지만 그를 인정할 수밖에 없었다.

　변호사는 보면 볼수록 참 신기한 사람이었다. 약삭빠르게 머리를 잘 쓰는 것도, 속에 꿍꿍이가 있는 캐릭터도 아니었다. 그냥 뭐든 주어진 일을 꾸준히 성실하고 진득하게 하는 사람이었다. 보이는 그대로 움직이는 사람. 변호사보다 농부 같은 사람. 요즘 세상에 안 어울리는 사람. 그런 그를 알면 알수록 묘하게 정이 들었다. 물론 꾸준하고 성실하고 진득하게 30분씩 지각하는 습관만 빼고.

　얼마 뒤 그 변호사가 준비하는 재심 사건을 같이 취재하게 되었다. 억울하게 살인 누명을 쓴 사람의 무죄를 밝혀주기 위한 일이었다. 역시나 변호사의 제안으로 시작된 취재였는데 이번엔 그의 패턴에 맞춰 모든 걸 준비했다. 느린 듯 진득한 그의 성향에 맞춰 취재 막판 일정을 일부러 며칠 비웠다. 편집 일정도 넉넉히 잡았다. 심지어 변호사와의 인터뷰 날에는 그에게 일부러 시간을 다르게 알려주었다. 이를테면 2시 30분 인터뷰 예정이지만 그에게는 2시라고 말해주었다. 나의 맞춤형 거짓말 덕분에 그는 시간에 맞게 도착해서 인터뷰를 했다. 덕분에 제작비도 잘 맞췄다. 취재도 편집도 잘 된, 모든 게 순조로운 방송이었다. 다만 국가적 이벤트로 프로그램이 결방되어 2주 늦춰진 방송 날만 기다리고 있었다.

그러던 중 변호사에게 연락이 왔다. 재심 사건 당사자의 가족이 절대 방송을 내보낼 수 없다며 반대한다는 것이었다. 3주 넘게 고생해서 만들어놨는데 방송할 수 없다니. 피디 입장에선 상상도 못한 대형 사고였다. 그는 당장 지방으로 가서 가족을 같이 만나자고 했다. 다음 날 아침 일찍 KTX를 타러 갔다. 평소와 달리 변호사도 지각하지 않고 와주어 무사히 KTX에 탑승했다. 나는 도착하는 대로 재심 사건 당사자부터 먼저 만나 가족의 상황을 파악하고, 그들을 설득할 전략을 짜자고 했다. 그도 내 의견에 적극 동의했다.

당사자를 만난 우린, 때마침 점심시간이라 어느 밀면 집에 함께 가게 되었다. 마음이 바쁜 나는, 밀면을 먹는 내내 너무 초조했다. 오늘 설득이 실패한다면 앞으로 어떻게 수습해야 할지 전혀 가늠이 되지 않았기 때문이다. 그런 내 눈치를 보느라 재심 당사자도 연거푸 미안하다고 했다. 나는 억지로 웃으며 별일 없을 테니 걱정 말라며 그를 달랬다. 일단 가족들을 설득하려면 재심 당사자의 마음부터 안정시켜야 할 것 같았다. 변호사도 함께 웃으며 별일 없을 거라면서, 자꾸만 밀면이 맛있다고 말했다. 근데 빈말이 아닌 듯 그는 정말 맛있게 먹었다. 천하태평하게 내내 밀면의 맛을 칭찬했다. 식사가 모

자라 보여 만두도 시켰더니 그것도 맛있게 다 먹었다. 계산은
내가 했다. 속이 시커멓게 타 들어가는 나만, 맛있다는 밀면
을 남기고 나왔다.

　우리는 당사자의 집에 가서 논의하기로 했다. 마음이 급했
던 나는 부랴부랴 택시를 잡았다. 내가 조수석에 탔고 당사자
도 뒷좌석에 바로 탔다. 그런데 아무리 기다려도 변호사가 택
시를 타지 않았다. 무슨 일이 생겨나 싶어 창문을 열고 뒤를
봤더니, 아니 이 양반이 택시 뒤에 세워진 트럭에서 옥수수를
사고 있는 게 아닌가?

　"아이고, 기사님 죄송합니다. 피디님, 옥수수 한 번 드셔보
십쇼. 강원도에서 직접 가지고 왔답니다. 이거 3천 원에 다섯
개면 싸도 너무 싼 거 아닙니까?"

　검은 봉지를 손에 든 변호사는 멋쩍게 웃으며 옥수수를 앞
으로 들이밀었다.

　"기사님도 하나 드셔보세요. 이게 찰옥수수라 실하고 아주
맛있습니다."

　"아이고, 저까지 챙겨주시고. 진짜 맛있게 생겼네요. 잘 먹
겠습니다."

택시 안은 옥수수 하모니카 파티로 화기애애해졌다. 물론 나는 옥수수를 먹지 않았다. '이 상황에 무슨 옥수수 같은 소리입니까! 지금 그게 목구멍으로 넘어 가나요!'라는 말이 나오는 걸 꾹꾹 눌러 담았다.

'아직은, 아직은 화낼 때가 아니다. 프로답게 진정하자, 이동원.'

다 먹은 옥수수 봉지를 들고 재심 사건 당사자의 집에 들어가자마자, 내내 참고 있던 말을 쏘아붙이듯 던졌다. 방송을 반대하는 가족들을 설득할 변호사님의 전략은 대체 무엇이냐고. 이 상황을 어떻게 해결하실 생각이냐고. 그러자 그는 태연하게 말했다.

"그저 진심을 다해서, 있는 그대로 천천히 잘 말씀드리면 이해하실 겁니다. 시간은 좀 걸려도 진정성 있게 말씀드리면 분명 마음의 문을 여실 겁니다."

마음의 문. 또다시 그 마음의 문 타령. 방송이 엎어질 급박한 상황에서 그를 믿고 있을 순 없었다. 내가 직접 나서서 모든 상황을 정리해야겠다고 마음먹었다.

이윽고 가족들이 집으로 찾아오셨다. 좁은 거실에 둘러앉은 그들은 별 말이 없었고 구석에 앉은 재심 당사자도 답답

한지 한숨만 자꾸 쉬었다. 타이밍을 보다 내가 나서서 얘기를 꺼냈다. 취재를 시작하게 된 계기, 취재하면서 알게 된 것들, 편집 방향, 무엇보다 당사자의 억울함을 알릴 수 있다는 장점을 부각시켰다. 당시 방송 5년차에 불과했지만 나름 선배들 밑에서 갈고 닦으며 익힌 방송쟁이의 멘트를 총동원했다. 줄줄줄 이어지는 화려한 언변과 중간 중간 섞어 넣은 나의 필살기들. 모르는 사람이 들으면 사기꾼이라고 착각할 모든 기술을 그 순간 쏟아 부었다.

가족들은 내가 하는 말을 들으며 이해가 된다는 듯 고개를 끄덕거렸다. 하지만 그게 전부였다. 여전히 그분들의 마음은 움직이지 않는 듯 바닥만 바라보고 계셨다. 그럴수록 말을 더 빠르게 이어갔다. 하지만 화려함만 있고 깊이가 없는 말은 결국 같은 자리를 맴돌기 마련. 20분 넘게 혼자 떠들었지만 점점 커지는 내 목소리와 달리 돌아오는 울림은 없었다. 결국 제 풀에 지친 나는 멈출 수밖에 없었다.

잠시 정적이 흘렀을까.

곁에 조용히 앉아 있던 변호사가 입을 뗐다. 그는 자신이 살아온 얘기를 했다. 그는 전라남도 완도 끝자락 어느 시골 섬에서 자랐다고 했다. 어려운 집안 사정으로 할머니 손에서 컸던 터라 겨우 진학한 대학도 끝내 졸업하지 못했단다. 가족들 속만 썩이다 군대에 다녀온 뒤, 무작정 사법고시에 도전하겠다며 신림동 고시촌에 갔다고 했다.

오랫동안 고생하다 뒤늦게 사법고시에 합격했지만, 사법연수원에서 꼴찌에 가까운 성적을 받고 겨우 변호사가 되었다고 했다. 돈을 많이 벌고 싶어 개업을 하고 큰 사무실을 차렸지만, 정작 사건을 제대로 수임하지 못해 얼마 못 버티고 폐업했단다. 학벌도, 든든한 배경도 없던 그에게 사건을 맡기는 사람이 없었던 거다.

그사이 결혼도 하고 자식들도 키워야 했던 그는 어떻게든 돈을 벌기 위해 유명해져야겠다는 생각을 했다고 한다. 그래서 그 어떤 변호사도 맡으려 하지 않는 '깡치' 중의 '깡치' 사건인 재심 사건을 맡게 되었단다. 그러다 여기까지 오게 되었다고. 유명해져서 돈을 많이 벌고 싶었다는 자신의 세속적 욕망을 솔직히 고백하는 그의 말이, 그 어떤 표현보다 진정성 있게 느껴졌다.

변호사는 자신이 맡아온 여러 사건 중에 이번 당사자의 무죄를 그 어느 때보다 확신하고 있다고 말했다. 무죄가 분명하기에 자신은 끝까지 함께하겠다고 말했다. 그러면서 덧붙였다. 변호사로서 소송은 열심히 준비할 수 있지만 재심에서 가장 중요한 과거 증거 수집은 자신이 할 수 없는 영역이라고 했다. 그래서 방송국의 도움을 받고자 나를 설득해서 이 방송 제작을 제안했다고 솔직하게 말했다. 꼭 재심 당사자의 누명을 벗기고 무죄를 받겠다고 다짐했다. 이번 재심에서 무죄를 받고 자신이 더 유명해져서 책도 팔고 강연도 다니며 돈도 많이 벌고 싶다고. 그러면 정말 행복할 거라고 특유의 멋쩍은 미소로 이야기를 마무리했다. 그의 인생이 담긴 고백이 끝나자 모두 말없이 서로를 보며 웃고 있었다. 그의 마법이 통한 순간, 모두의 '마음의 문'이 활짝 열렸다.

그날 밤 재심 사건 당사자와 가족들, 변호사와 나까지 모두 모여 동네 식당에서 돼지갈비를 구웠다. 변호사가 진심을 다한 덕분인지 가족들도 모두 속에 있는 말을 하나씩 꺼냈다. 그들은 이 사회에서 살인자의 가족으로 20년 넘게 살아오는 게 쉽지 않았음을 털어놓았다. 어디서도 들어본 적 없는, 마음 속 깊이 숨겨두느라 아물지 않은 오래된 상처였다. 재심 사건 당사자도 처음 듣는 가족들의 아픔이었다. 나는 묵묵히 앉아서 타는 돼지갈비만 이리저리 뒤집었다.

고작 방송 한 편 만들겠다고 여기까지 뛰어온 터였다. 나에

겐 방송이 나가면 지나갈 일이었지만, 가족들은 방송 후 닥쳐
올지도 모를 가시밭길이 두려웠을 것이다. 묵혀둔 상처를 또
얼마나 껴안고 살아야 끝나는 건지. 재심으로 무죄를 받아 재
심 당사자뿐만 아니라 모든 가족들의 명예가 회복되길, 지옥
같았던 과거의 삶이 조금이나마 보상받길 진심으로 바랐다.
그리고 방송이 끝나도 그 과정을 끝까지 함께하겠다고 혼자
속으로 다짐했다. 피디고 뭐고 다 떠나서 그게 이들과 인연을
맺은 내가 해야 할 인간된 도리라고 생각했다.

　저녁 식사를 마치고 막차를 타고 서울로 올라오는 길에, 오
늘 정말 멋있었다며 처음으로 그를 칭찬했다. 그리고 물었다.
쉽지 않은 자리인데 가족들 앞에서 어쩜 그렇게 담담하게 이
야기할 수 있었냐고.

　"아니, 어젯밤에 걱정이 돼서 잠이 안 오더라고요. 근데 아
무리 고민해도 방법이 없더라고요. 그래서 거짓말 안 하고, 속
에 있는 그대로 말해야겠다고 생각했어요. 내가 살아온 인생
을 걸고 믿어달라고 부탁드려야겠다고."

　그러면서 괜히 자기 때문에 안 해도 될 고생을 했다며, 자
꾸 미안하다며 멋쩍게 웃었다. 그의 트레이드 마크인 진솔한

미소가 처음으로 멋있어 보였다.

일주일 뒤 방송은 무사히 나갔다. 반응도 좋았다. 다행히 가족들도 방송에 만족해하셨다. 방송 이후 먼 친척이나 주변 사람들로부터 연락을 많이 받았다고 했다. '살인자'로 누명 쓴 채 살았다는 걸 지인들도 방송을 보고서야 20여 년 만에 처음 알게 되었단다. 판결은 나오지 않았지만 방송만으로도 이미 명예가 회복된 것 같다며 모두 좋아하셨다. 나와 같이 일한 작가, 함께 고생한 제작진들 덕분이라 말씀해 주시는데 괜히 더 머쓱해졌다. 난 그저 회사 일을 망치지 않으려고 노력한 것뿐이었는데….

지금도 그 변호사는 번듯한 사무실도, 함께 일하는 사무장도 없이 홀로 고군분투 중이다. 시대에 뒤떨어진, 정말 돈이 안 되는 일만 하는 변호사지만, 진심을 다하는 그와 여전히 함께하고 있다. 함께 취재를 다니기도 하고, 업무와 상관없이 누군가를 돕기 위해 머리를 맞대고 고민할 때도 있다. 한동안은 경제적 사정 때문에 차를 팔아버린 변호사를 대신해 지방에 있는 의뢰인을 만나 필요한 서류에 사인을 받아오기도 했다. 정보공개청구가 필요한 사건에는 그를 대신해 자료를 청구하고 인쇄까지 해서 가져다준 적도 있다.

　음… 이 글을 쓰다 보니 갑자기 현타가 온다. 뭔가 당하고 있는 이 찜찜한 기분은 대체 뭐지. 그에게 나는 피디인가, 아니면 무보수 사무장인가? 지금 내가 그의 미소에 속아서 가스라이팅을 당하고 있는 건 아닐까?

　아! 그 변호사의 이름은 박준영이다. 재심 전문 변호사라고 알려진, 티브이에도 종종 나오는 그 사람 맞다. 이걸 쓰다 보니 감정에 취해서 좋은 얘길 과하게 한 것 같은데 잘 걸러서 읽어주시길 바란다. 살다가 혹시라도 그와 마주칠 일이 있다면 꼭 한 번쯤 진지하게 고민해 보시길 부탁드린다. 박준영 변호사님과 한 번 엮이고 나면 아주 오랫동안, 진득하다 못해 지겹도록 보고 살아야 할 테니까. 정말 착하고, 진실하고, 성실한 그를 미워하려야 미워할 수가 없을 테니까.

세상에서 가장 지혜로운
나의 멘토

방송 콘텐츠 제작의 9할은 '사람 장사'라고 생각한다. 프로그램 하나를 론칭하려면 수십 명의 제작진이 필요하다. 작가, 카메라 감독, 조명 감독, 오디오 감독, 세트 감독, 소품 감독 등 촬영 한 번에 참여하는 스태프들의 직종만 열 개가 넘는다. 게다가 촬영이 끝나면 편집 감독, 종편 감독, CG 감독, 음악 감독, 자막 감독 등 또 다른 기술을 가진 전문가들이 모여 힘을 쏟아줘야만 볼 만한 영상 하나가 겨우 완성된다. 그렇다. 말이 좋아서 '피디님'이고 '감독님'이지 연출자 혼자 할 수 있는 건 하나도 없다. 훌륭한 스태프들을 잘 모셔야만 프로그램이 굴러간다.

함께 일할 스태프를 다 모아 판을 짜면 이제 카메라 앞에 나설 사람들을 모셔야 한다. 연예인이든 일반인이든 출연자를 찾아다니며 섭외해야 하고, 카메라에 담을 내용을 조율하고 설득해야 한다. 그뿐 아니라 촬영장의 건물주를 만나 장소 사용료도 협상해야 한다. 간혹 막걸리 두 통을 사 들고 동네 이장님과 어촌계장님 집을 찾아다니며 월급쟁이 좀 먹고 살게 도와달라고 싹싹 빌어야 할 때도 있다.

이건 드라마든 예능이든 시사 프로든 방송국 피디의 어쩔 수 없는 숙명이다. 방송국에 취직하면 몇 년 지나지 않아 2천 개가 넘는 전화번호가 저장된다. 사람 이름을 다 기억하지 못해 새롭게 저장되는 사람들의 이름이 점점 길어진다.

'김××-○○면 어촌계장-동물농장 촬영-막걸리 두 통' 뭐 이런 식으로.

방송을 하면서 문제가 생기는 것도 결국은 사람 때문이다. 출연자가 한밤중에 장문의 문자를 보내 촬영을 못 하겠다고 해서, 촬영장에서 카메라 감독과 조명 감독이 싸워서, 알 수 없는 이유로 작가가 갑자기 잠수를 타버려서 등등. 그 이유도 70억 인구만큼이나 다양하고 복잡하다. 결국 인간관계의 실타래에 엉켜 끊임없는 돌발 상황을 겪다 보면 방송이고 뭐고 다 때려치우고 산에 들어가 혼자 쑥이나 캐 먹으며 고요히 살고 싶어진다.

그럴 때마다 나를 붙잡는 은행의 대출 이자 안내 문자 5종 세트. 어쩜 그렇게 사표 쓰고 싶은 순간마다 정확하게 문자가 날아오는지. 그때마다 '방송국 사원'이 아닌 '은행 대출의 노예'라는 정체성을 깊게 되새기며 마음을 다잡는다. 그렇게 또 하루 누군가에게 부탁하고, 싹싹 빌고, 애걸복걸하며 삶을 영위해 간다. 매 순간 인생의 온갖 쓴맛이 목구멍을 타고 올라오지만 울고 웃으며 열심히 버텨야만 한다. 그게 직장 생활을 하는 내가 견뎌야 할 숙명이니까.

그렇게 눈물겨운 하루를 무사히 넘기고 새벽에 집으로 걸어갈 때면 그런 생각이 들곤 한다. 내가 조금만 더 지혜로운 사람이었다면 오늘 하루가 이토록 서럽진 않을 텐데. 대체 이번 생은 어떻게 살아야 끝까지 버텨낼 수 있을까.

그럴 때마다 나의 소중한 멘토님께 전화를 건다. 다들 주변에 그런 사람 하나씩 있지 않은가? 힘든 일 상담하고 하소연하게 되는 사람. 동네 친한 형이나 세상 똑똑한 회사 선배, 아니면 학창시절 선생님이나 거대한 회사를 창업한 사업가 같은 그런 멘토. 내게도 그런 사람이 있다. 과거 내가 만든 방송의 출연자였으며 이 지구상 누구보다도 엄청난 경험치를 자랑하는 사람. 바로 그는 과거에 강간 살인범이었던 장동익이다.

장동익의 죄명은 살인, 강간, 특수강도 등 총 여덟 가지의 소름이 끼치는 강력범죄이다. 1990년대 초반 대대적으로 뉴스에 보도된 '낙동강변 살인 사건'의 범인이었던 그는, 법원에서 무기징역을 선고받고 교도소에 수감되었다. 그는 조직폭력배 출신도 아니었고 전과도 없는 초범이었기에 교도소에서 비주류 중의 비주류였다. 심지어 싸움을 잘하기는커녕 시각장애가 있어 앞을 제대로 보지도 못하는 사람이었다. '무기징역'이라는 형벌 외에 인정받을 만한 커리어가 전혀 없었지만 무시무시한 교도소에서 당당히 살아남았다. 심지어 전과가 화려한 주류 수감자들을 제치고 마성의 매력과 리더십으로 교도소 내 불교자치조직의 회장을 맡는다.

이해를 돕기 위해 간략히 실명하자면, 교도소 내 종교 조직 간부는 일명 '종교빵'이라고 부르는 그들만의 감방에 모여 생활한다. 회장은 당연히 그들의 리더가 되며 그 의미로 왼팔에 완장을 차기도 한다. 완장을 찬다는 건 각종 불교 행사를 총괄할 수 있다는 것이며, 일정 공간 내에서 철문을 넘나들 수

있는 출입증이 되기도 한다. 별의별 사람들이 다 모여 있는 교
도소 내에서 나름의 권력자가 될 수 있는 것이다.

극악무도한 범죄자이면서 교도소에서 자신의 영역을 구축
하는 데 성공했던 장동익은 긴 수감 기간 동안 단 한 번도 사
고를 치지 않았다. 그걸 인정받아 모범수가 되어 법무부 가석
방 심사 대상자가 되었다. 이후 몇 번의 낙방 끝에 어렵게 감형
을 허가받았고, 마침내 21년 5개월 20일 만에 출소했다.

분식집 라면 한 그릇이 100원 하던 시절 체포된 그는, 출소
하던 날 고속도로 휴게소에서 3,000원짜리 라면을 사 먹으며
작은 희망을 품었다. 가족들과 행복하게 살며 못다 한 추억을
만들겠다는 지극히 평범한 꿈이었다. 그 자신감의 원천은 지
난 22년간 교도소에서 일하며 품삯으로 모은 1,300만 원짜
리 통장에서 왔다. 하지만 그날 밤 집에서 마주한 것은 자신
을 투명 인간 취급하는 딸의 냉대였다.

체포될 당시 돌쟁이였던 딸은 어느덧 이십 대 성인이 되어
있었다. 다 커버린 딸과 장동익은 한동안 서로를 투명 인간처
럼 여기며 말없이 살았다. 몇 달 만에 장동익이 어렵게 마련한
술자리에서, 딸의 첫마디는 "남자친구와 결혼하고 싶다"였다.
강간 살인범이었던 아버지는 순댓국에 쓰디쓴 소주만 들이켰

다. 결국 얼마 뒤 딸은 결혼해서 집을 떠났다. 장동익은 혼수 마련에 쓰라며 1,300만 원짜리 통장을 딸에게 통째로 건네는 걸로 생애 첫 아버지 역할을 해냈다. 이후 그는 교도소보다 연식이 오래된 작은 아파트에서 혼자 살게 되었다.

　이쯤 되면 구구절절한 사연은 다 알겠고 대체 왜 이런 사람을 멘토로 삼고 있냐고 따져 묻고 싶을 거다. 〈그것이 알고 싶다〉 피디를 오래 하다 보니 각종 범죄에 대한 자문이 필요했던 거냐고 추측할 수도 있다. 아니면 그냥 산전수전 다 겪었다는 이유만으로 흉악범인 그와 친하게 지내는 거라고 생각할 수도 있다. 하지만 그게 어느 쪽이든 상식적으로 이해는 되지 않을 거다.

　내가 장동익을 정말 대단하다고 생각하는 이유는 그가 살인, 강간, 강도 사건의 범인이 아니었기 때문이다. 처음 만났을 때부터 그는 자신의 무죄를 주장했다. 어느 날 저녁 집에서 밥을 먹는네 경찰이 찾아왔다고 했다. 대문을 열자 경찰들은 곧바로 그를 체포했다. 경찰서에는 그의 친구가 먼저 잡혀와 있었다. 그들은 낮밤으로 두드려 맞다 결국 살기 위해 시키는 대로 자백했다. 그렇게 '낙동강변 살인 사건'의 2인조가 체포되었다. 강요된 자백이었기에 현장검증을 하던 날 팩트가 맞지 않다는 게 확인되었다. 그들은 다시 끌려가 물고문을 당하며 자백의 수정을 강요당했다. 그리고 아무 일 없었다는 듯다음 날 다시 현장검증이 실시됐다. 그 자백이 모두 인정되어 2인조는 무기징역을 받았다. 그 길로 가족들과 생이별을 하고범죄자가 되었다. 저녁 먹던 밥숟갈도 제대로 놓지 못하고 나왔던 집으로 돌아가는 데 무려 21년 5개월 20일이 걸렸다.

장동익은 돌아가신 어머님이 유품으로 남긴 수백 페이지의 사건 관련 서류를 어딜 가든 들고 다녔다. 눈은 보이지 않아 읽을 수 없었지만 서류의 모든 내용을 달달 외우고 있었다. 누구를 만나든 자신의 억울함을 호소했다. 그는 나와 함께 그 시절 수사를 담당했던 검사, 형사를 찾아다니기도 했다. 문전박대를 당했다. 때론 투명 인간처럼 무시당하기도 했었다. 하지만 그는 포기하지 않았다. 왜냐하면 그는 죄인이 아니었으니까.

오랜 노력 끝에 마침내 법원에서 재심이 열렸다. '2인조'였던 장동익과 친구 최인철은 2021년 '무죄'를 선고받아 누명을 벗게 되었다. 과거 잘못된 판결에 대신 사과한다며 재판정 높은 자리에 앉아 있던 판사들이 일어나 고개를 숙였다. 그 자리에는 하나밖에 없는 그의 딸과 사위도 함께 있었다.

'무죄'라고 적힌 판결문을 이제야 받아본들, 정부에서 보상금으로 얼마를 준들, 그 어떤 걸로도 고문의 후유증, 잃어버린 청춘, 사라져버린 가족과의 시간을 돌려받을 수는 없었다. 그럼에도 그는 행복하다고 했다. 이제는 모두를 용서하고 괴로움을 잊고 행복하게 살겠다고. 누명을 벗었으니 이제 다 된 거라고 했다.

그 말을 떠올릴 때마다 생각한다. 나였으면 어떻게 했을까. 누명을 벗는 것은 둘째 치고 교도소에서 살아 나올 수 있었을까. 그가 여태껏 살아갈 수 있었던 이유는 무엇이었을까.

그가 쓴 수기에는 이런 문구가 있다.

'내 딸을 만나러 오는 데 걸린 시간 21년하고도 5개월.

그러나 딸은 제 방에서 나올 생각을 않는다.

우리를 이렇게 만든 저들에 대한 분노가 치밀어 오른다.

그래도 분노에 잡아먹히지 않을 것이다.

저 아이의 상처는 내가 누명을 벗는, 거기서 치유될 것이다.'

〈장동익의 수기〉 중

진실은 언젠가 꼭 밝혀진다는 진리를 믿고 사는 사람. 그런

믿음으로 끝내 '강간 살인범의 가족'이라는 딸의 꼬리표마저 떼어낸 사람. 그는 항상 내게 잘 살고 있다고 응원해 준다. 누구보다 열심히 살고 있으니 묵묵히 앞으로 나아가라며 등을 두드려 준다. 가다 보면 울화통이 터지고 머리 아픈 일에 계속 치이겠지만, 언젠가 사람들이 너의 진심을 알아주는 순간이 반드시 올 거라고. 믿고 달리라고. 잘 해낼 거라는 걸 알고 있다면서.

그런 말을 들을 때면 불 같던 마음이 사르르 녹으면서 괜히 울컥해지고 눈물이 핑 돈다. 그 모진 세월을 이겨낸 그가 날 이해해 주는 것만으로도 마음이 평온해지고 내일을 살아갈 힘을 얻는다. 그는 세상 가장 지혜로운 멘토이자 위안을 주는 훌륭한 내 친구다. 그런 사람이 곁에 있다는 것만으로도 이 험한 세상을 묵묵히 살아갈 힘이 난다.

'열사'가 된 아들,
'투사'가 된 어머니

섭외 전화를 드리고 바로 다음 날 찾아간 시골집이었다. 5월
임에도 유난히 해가 뜨겁던 그날, 어머님은 대문을 열자마자
카메라부터 들이대는 우리를 보고 웃으며 수박을 꺼내 오셨
다. 조연출 딱지를 뗐다고 하지만 아직 '진짜' 피디라고 하기엔
모든 게 서툴렀던 시절이었다. 나는 거실 한복판에 앉아 어머
님이 꺼내준 수박을 먹으면서도 계획한 분량을 챙겨가지 못
할까 걱정만 하고 있었다. 그런 내 마음을 눈치채셨는지 시키
는 인터뷰 다 할 테니까 걱정 말라며 수박을 큼직큼직하게 잘
라서 들이미셨다. 달콤한 수박 한 입에 나도 모르게 긴장이

풀려 이런저런 대화를 나누었지만 여전히 조바심을 떨치지
못했다. 빠르게 수박을 해치우고 촬영할 생각뿐이었다.

　어머님은 내게 몇 살이냐고 물으셨다. 이맘때면 유난히 아
들 생각이 많이 난다고 하시던 어머님은 다 먹은 수박 껍질
을 치우고 방 한켠에 앉아 천천히 인터뷰를 준비하셨다. 지난
30년의 세월, 수많은 기자들로부터 비슷한 질문을 받아오신
탓인지 여유로워 보이셨다. 그럼에도 모든 질문에 진정성 가
득한 말로 대답해 주시던 어머님은 1987년 6월 세상을 떠난
'이한열 열사'의 어머니, 배은심 여사님이었다.

　그때 나는 '6월 민주화운동' 30주년 특집 방송을 제작하고
있었다. 마침 같이 일하던 작가가 관련 아이템을 미리 준비했
는데 그 주제가 바로 '이한열 열사의 잃어버린 시계 찾기'였다.
1987년 6월 9일, 연세대학교 경영학과에 재학 중이던 이한
열은 학교 정문 앞 광장에서 시위를 하던 중 경찰이 쏜 최루
탄에 맞고 쓰러졌다. 급히 병원으로 이송되었지만 혼수상태
였던 그는 한 달을 채 넘기지 못하고 결국 사망한다. 그의 사
망 소식은 학생들 사이에 빠르게 퍼졌고 결국 이 일은 '6월 민
주화 운동'이 전국으로 번지게 되는 도화선이 된다. 그런데 당
시 '학생 이한열'이 마지막으로 입었던 옷, 신발 등은 가족의

품으로 돌아갔지만 손목에 차고 있던 시계는 행방을 찾을 수 없었다. 우리는 사라진 '이한열 열사의 시계'를 찾는다는 명분으로 그 당시를 기억하는 사람들을 만나 '6월 민주화 운동' 30주년을 돌아보는 방송을 제작하기로 했다.

어머님은 아들이 쓰러졌다는 소식을 들은 그날, 하늘이 무너지는 기분이었다고 했다. 의식을 잃었던 아들이 끝내 세상을 떠났을 때 그 절망감은 오죽했을까. 하지만 카메라 앞에서 그날의 얘길 하면서도 어머님은 감정적으로 무너지지 않았다. 30년의 세월이 흘렀다고 해서 자식 잃은 어미의 마음이 무뎌질 리는 없을 것이다. 아마도 그동안 수없이 많은 기자들을 만났기에 감정을 추스르는 법을 알고 계시는 듯했다. 욕심만 많고 경험은 부족했던 그때의 나는 어머님께서 카메라 앞에서 눈물을 보여주시길 바랐다. 조금이라도 격정적인 감정이 드러나야 방송 흐름상 자연스러울 거라고 생각한 초보 피디의 잘못이었다. 하지만 어머님은 드문드문 울컥거리며 올라오는 감정에도 무너지지 않으셨다. 나는 촬영 욕심이 더해져 가슴을 후벼 파는 질문을 이리저리 돌려서 해보았지만 인터뷰는 그대로 끝나고 말았다.

나는 작가가 사전 취재를 통해 미리 준비해 준 다른 촬영에 더 욕심을 냈다. 앨범부터 성적표까지 집안 곳곳에 배어 있는 '아들 이한열'의 흔적을 찾아달라 부탁드렸다. 하나씩 손가락으로 가리켜 달라고 부탁드린 뒤 모두 카메라에 담았다. 어머님께서는 모든 걸 친절하게 도와주셨다. 손가락이 가리키는 사진이나 성적표를 찍는 인서트 컷은 꼭 필요한 게 아니었다. 그걸로 방송 분량이 늘어나는 건 더더욱 아니었다. 하지만 그때의 나는 그 촬영을 하고서, 조바심이 났던 마음에 안정이 생겼다.

어머님과 함께 '아들 이한열'의 묘지도 찾아가기로 했다. 묘지를 찾아가는 장면도 그전까지 꽤 많이 촬영하신 듯 자연스럽게 앞장서 걸으셨다. 묘비에 다다르자 살아 있는 사람을 대하듯 아들의 이름을 부르며 말을 건네셨다. 우리가 있건 말건 여기저기 자란 잡초를 뽑는 어머님의 모습은 그저 평범한 유족과 같았다. 그 모습이 참 묘하게 느껴졌다.

"많은 청년들이 니 가슴에 있는 원한을 풀어주길, 안 되면 엄마가 갚을란다. 안 되면 엄마가 갚아."

1987년 이한열 열사의 장례가 치러진 날, 수만 명의 군중 앞에서 하셨던 말씀이다. 그 시절, 민주화운동에 대다수의 대학생들이 참여했다. '학생 이한열' 역시 특별하지 않은, 그 시대를 살아가는 고민 많은 평범한 이십 대에 지나지 않았을지도 모른다. 하지만 하늘에서 날아온 최루탄에 맞아 사망한 뒤 그 시대를 상징하는 '열사'가 되었다. '열사'가 되어버린 아들과 함께, 여느 평범한 시골의 중년 여성에 불과했던 '엄마 배은심'은 평생 생각해 보지 않았던 '투사'의 삶을 살아가게 되었다. 나 역시도 학창시절부터 어머님을 유명한 '투사'로 알고 있었다. 그래서 전날 인터뷰를 준비하면서도 지금껏 해온 수많은 언론사의 인터뷰와 비슷하게만 하자고 안일하게 생각했었다.

그러나 카메라를 등진 채 아들의 묘비를 어루만지는 모습은 '투사 배은심'이 아닌 '엄마 배은심'이었다. 당연한 것이었지만 언론 보도나 역사책만 봐왔던 내겐 뜻밖의 모습이었다. 있는 그대로의 모습이 아닌 내 머릿속 편견대로 타인의 삶을 촬영하려 했던 건 아니었나. 스스로가 민망하고 부끄러웠다. 머리가 복잡해져서 촬영을 대충 끝냈다. 대신 미리 가져간 막걸리 한 잔을 부어놓고 다른 제작진과 함께 절을 올렸다.

"서울에 있는 방송국의 높으신 양반들이 와서 절까지 해주니 우리 아들 오늘은 기분이 참 좋겠다."

그 말을 듣자 더더욱 부끄러워 고개를 들 수 없었다. 불편한 마음을 해소하고자 한사코 사양하는 어머님을 모시고 시내에 있는 유명 식당에 가서 비싼 소고기를 대접했다. 맛있게 드시며 웃으시는 어머님을 보며 생각했다. 어머님께 꼭 아들의 시계를 찾아드리겠다고. 30년 전에 없어진 그 시계를 찾을 수 없다면 같은 모델의 시계라도 찾아 꼭 돌려드리겠다고.

그날부터 팀장, 작가와 계획한 촬영과 별개로 나는 혼자 시계를 찾는 일에 몰두했다. 모두들 잃어버린 이한열 열사의 시계는 찾을 수 없을 거라고 했다. 맞는 말이었다. 하지만 뭐라도 해봐야 했다. 현장에 있었던 사람이라면 누구든 수소문하고 만나러 다녔다. 1987년 6월 그 현장에 있었던 사람 수십 명을 만났다. 하지만 누구도 시계의 행방을 알지 못했다.

같은 모델의 시계라도 돌려드리고 싶었다. 브랜드 본사에 문의했다. 수십 년 동안 시계만 제작한 장인들까지 찾아다녔다. 워낙 오래전 시계라 같은 모델을 찾을 수 없다고 했다. 그렇게 2주 정도 헤맨 끝에 마지막으로 찾아간 곳이 황학동 벼룩시장이었다. 일요일 새벽부터 골동품 파는 사람들이 모이는 그곳을 세 바퀴나 돌아다녔다. 역시나 같은 모델의 시계는 찾을 수 없었다.

포기할 수 없었다. 며칠 뒤 또 그 시장에 갔다. 세 시간을 헤맨 끝에 골목 귀퉁이 좌판에서 마침내 똑같은 모델의 시계를 찾았다. 근데 어렵게 찾은 시계가 하필이면 깨져 있었다. 작은 돌멩이에 찍힌 것처럼 유리가 깨져 있었고 배터리도 없는지 시간도 멈춰 있었다. 수리를 해야 하나 잠시 고민했지만 일단 빨리 가져가는 게 우선이었다. 1분 1초라도 빨리 어머님께 가져다드리고 싶었다.

마침 어머님은 서울에 있다며, 계신 곳의 주소를 알려주셨다. 찾아가 보니 '한울삶'이라는 명패가 붙은 집이었다. 민주화 운동을 하다 세상을 떠난 분의 유가족이 서울에 오면 머무를 수 있도록 마련된 작은 주택이었다. 방 안에는 많은 사람들의 영정 사진이 벽을 가득 채우고 있었다. 학창시절 역사 교과서에서 보았던 낯익은 사진도 많이 걸려 있었다. 1987년 그날 이후 전국을 돌며 '투사'의 삶을 살았던 어머님은 서울에 올라올 때마다 항상 이곳에서 지낸다고 하셨다.

어머님께 진지하게 말씀드릴 게 있다고 했다. 뭔 일을 또 꾸미느냐고 웃으며 말씀하시는 어머님. 나는 먼저 1987년 현장에 있었던 사람들과 만난 얘기를 했다. 한 사람 한 사람 이름을 거론할 때마다 누군지 다 기억이 난다고 하셨다. 다들 먹고

살기 바쁠 텐데 시간을 내줘서 정말 고맙다는 얘길 몇 번이
나 하셨다. 그러다 "아무래도 시계는 찾지 못 하겠제?"라는 말
을 툭 하고 건네셨다. 빈말처럼 하셨지만 기대하고 계셨던 모
양이었다. 어머님께 차마 잃어버린 시계를 못 찾아서 다른 걸
구해왔다는 말을 꺼낼 수 없었다. 말이 빙빙 돌았다. 할 말이
없어 우리 제작진이 엄청나게 고생한다는 얼토당토않은 생색
만 내다 결국 말문이 막혀버리고 말았다. 쭈뼛대는 내게 어머
님은 다 괜찮다고 했다. 뭐든 편하게 말해도 이해한다며 웃으
셨다.

　산전수전 다 겪으신 분이니 같은 모델의 시계밖에 구해오
지 못한 우리를 책망하진 않으실 거라 생각했다. 아쉬워도 티
내지 않고 웃으며 이해해 주시겠지. 벼룩시장에서 사온 시계
를 주머니에서 꺼냈다. 열심히 찾아봤지만 결국 아드님의 잃
어버린 시계는 찾지 못했다고 했다. 같은 모델의 시계를 구해
오긴 했는데 어머님께 조금이나마 위로가 되었으면 좋겠다고
쭈뼛거리며 말씀드렸다.

　그런데 갑자기, 어머님께서 큰 소리를 내시며 펑펑 우셨다.
어안이 벙벙했다. 항상 그래왔던 것처럼 덤덤히 고생했다고,
그리고 아쉽다는 말을 하실 줄 알았다. 무너지실 줄 꿈에도

몰랐다. 내가 구해온 건 그저 평범한 중고 시계일 뿐이니까.

하필 이 시계도 고장이 나서 멈춰 있냐고. 우리 아들의 시계처럼 시간이 멈춰버렸다고. 다쳐서 세상을 떠난 내 새끼마냥 이렇게 망가져서, 깨져서 멈춰 있냐고.

깨진 시계를 보며 아들을 떠올리실 수도 있다는 생각을 왜 못했던 건지. 그저 같은 모델의 시계를 찾았다는 사실에 신나서 철없이 달려온 내가 한없이 부끄러웠다. 왜 거기까지 생각을 못했을까. 나도 그만 펑펑 울고 말았다. 둘이 마주 앉아 한참을 그렇게 울다, 어머님께서 먼저 감정을 추스르시고 오히려 나를 다독여주셨다. 이렇게라도 시계를 찾아줘서 고맙다고. 일면식도 없는 본인의 아들 일을 이렇게까지 챙겨줘서 진심으로 고맙다고 말씀해 주셨다. 그 말에 더 눈물을 멈출 수 없었다. 그렇게 우린 한동안 감정을 추스르지 못하고 앉아 있었다.

눈물이 멈추자 마음에 구멍이 난 듯 공허했다. 이대로 헤어지면 내내 찜찜할 것 같아 어머님께 식사라도 같이 하자고 말씀드렸다. 그러자 어머님이 내 귀에 입을 대곤 '한울삶'에 있는

다른 어머님들과 같이 가도 될지 몰래 물어보셨다. 잠시 뒤 우
린 어머님들을 모시고 몇십 년 되었다는 근처 식당에 둘러앉
았다. 그 집에서 가장 비싸고 맛있다는 소불고기를 넉넉히 시
키는데 어머님께서 내 옆으로 와서 소곤대며 말씀하셨다.

"난 할 말 다 했으니까 저쪽 끝에 가서 편히 앉을게. 대신
다른 엄마들 얘기 좀 귀담아 들어줘."

내가 대답하기도 전에 어머님은 제일 가장자리에 옮겨 앉으
셨다. 영문도 모른 채 나는 처음 만난 어머님들께 둘러싸여 밥
을 먹었다. 할 말도 없는데… 어색하게 불고기만 구울 수 없어
서 어머님들께 '한울삶'에 오신 사연을 여쭤보게 되었다.

"나는 ○○○ 엄마인데 내 아들이 80년대에 공장에서 민주
화 운동을 하다 죽었어요."

"나는 △△△ 열사 엄마예요. 우리 딸은 야학을 하다 끌려
가서 고문받고 결국 후유증으로 세상을 떠났어요."

이분들의 아들·딸도 모두 '열사'가 되어 민주화의 역사 속
에 남아 있었다. 그리고 그들 역시 꿈에도 생각하지 못했던
'투사'의 삶을 이어가고 계셨다. 나중에 따로 들은 얘기지만
배은심 어머님이 식사 자리 끝으로 옮겨 앉으신 건 '아들 이

한열'이 유명한 열사가 되었기 때문이었다.

매년 6월이면 언론에서든 정치인이든 누군가 찾아와서 어머님의 얘길 들어주며 위로해 준다고 했다. 하지만 다른 어머님들을 찾아와 주는 이는 없었단다. 그래서 누구든 찾아와 밥 한 끼 하며 얘기를 들어주는 것만으로도 큰 위로가 된다고 했다. 이 사회를 위해 투쟁하다 세상을 떠난 자식들을 나마저 기억해 주지 않으면 영원히 잊힐까 봐 걱정된다고 말씀하시던 어머님들. 그들은 여전히 투사의 모습으로, 여러 시위 현장을 지키고 계신다.

그날 이후 수시로 배은심 어머님께 안부 전화를 드렸다. 바쁜데 왜 자꾸 전화하냐며 뭐라고 하셨지만 한참씩 수다를 떨곤 하셨다. 간혹 어머님이 서울에 오실 때면 '한울삶'을 찾아 다른 어머님들을 모시고 불고기를 먹으러 가곤 했다. 그럴 때마다 배은심 어머님은 가장자리에 앉으셨다.

그러다 한 번은 영화 〈1987〉에서 강동원이 자기 아들 역할을 한다며 자랑하셨다. 잘생긴 배우가 아들이 되었다며 좋아하시기에 '강동원'만 챙기고 '이동원'은 별로냐며 농담을 하자 잘생긴 건 어쩔 수 없다며 딱 잘라 얘기하셨다.

그 말이 농담인 줄 알았는데 잘생긴 '강동원'을 시골집에 불러 직접 불고기를 해 먹였다는 기사를 보고 질투가 나서 대뜸 전화를 드렸다. 같은 '동원'인데 너무한 거 아니냐고 투정을 부리자 "니가 바빠서 그렇지, 내려오기만 하면 불고기 맛있게 해줄게'라던 어머니. '강동원'보다 두 배는 많이 만들어줄 테니 내려오기만 하라던 어머니….

　곧 가겠다고 말씀을 드렸지만 갈 수 없었다. 전국으로 출장을 다니느라 정신없이 바빴고, 간혹 시간이 나면 전화만 드려야 하는 상황이 계속됐다. 그러다 어렵게 약속은 잡은 날 아침, 하필 폭설이 내려 또 뵐질 못했다. 괜찮다고, 천천히 만나면 된다는 어머님 말만 믿고 차일피일 미루며 시간을 보냈다. 그러던 어느 날 항상 그 자리에서 군건하게 계실 것만 같았던 어머님의 건강이 안 좋아지셨다는 소식을 들었다. 결국 어머님은 그토록 보고 싶어 하던 아들 곁으로 떠나셨다. 그 월요일은 내내 마음이 아팠다. 마음이 아프다 못해 맺혔다.

　대학 나온 기자들과 학생들 앞에서 마이크를 잡을 때면 배운 게 없어 항상 부끄럽고 힘들었다던 어머님. '열사'가 된 아들의 이름이 자신과 항상 함께하기에 평생 행동을 조심하며 살아야 했다던 어머님. 하지만 세상 누구보다도 남을 배려하며 사셨던 훌륭한 분이셨다는 걸 나는 잘 알고 있다.

이제는 모든 짐을 다 내려놓으시길, '투사'가 아닌 '어머니'의 모습으로 아들 곁에서 평화를 얻으시길 진심으로 기도드린다.

나의 얼굴을
세상에 꼭 공개해 주오

끔찍한 범죄로 누군가 사망했을 때 그 피해자의 가족이 세상에 얼굴을 공개하는 경우는 극히 드물다. 물론 그들을 찾아오는 기자들에게 억울함을 호소하는 사람들이 종종 있다. 하지만 자신의 이름을 밝히고 얼굴까지 공개하는 경우는 거의 본 적이 없을 것이다. 피해 사실이 주변에 알려지면 남은 가족들의 일상마저 파괴될지 모른다는 우려 때문이다. 이웃이나 지인들이 피해 사실을 알게 되면 그들에게 위로나 도움을 받을수 있지 않냐고 생각하는 사람도 있다. 그러나 그 위로조차 피해자 가족의 입장을 모르면 경솔한 태도가 될 수 있다. 가족을 잃고 겨우 삶을 버텨가는 사람들에겐 누구든 함부로 다가가선 안 된다. 당신이 좋은 의도로 접근을 해도 말 한마디로 다시 그들의 일상을 무너뜨릴 수 있으니 말이다. 이건 범죄가 일어난 지 일주일이 지나든, 1년이 되든, 10년이 흐르든 마찬가지다.

D씨도 나와 처음 만난 날 자신의 얼굴을 절대 방송에 공개하지 않겠다고 딱 잘라 말했다. 그의 일상을 위해서도, 열심히 살아가는 자식과 손자들을 위해서도 자신과 관련된 정보는 공개하고 싶지 않다고 했다. 그 조건이 지켜진다면 무엇이든 다 말해줄 수 있다고 했다. 나는 당연히 그의 제안을 존중하고 받아들였다.

D씨는 어느 시골에서나 볼 수 있는 평범한 농사꾼이었다. 집안 대대로 살아온 마을에서 가정을 꾸렸고, 조그마한 집에서 자식들 키우며 부인과 행복하게 사는 게 유일한 소망이었다. 그러던 어느 날, 친정 일로 서울을 다녀온다던 D씨의 부인이 밤늦도록 돌아오지 않았다. 하필 그날따라 부인이 휴대폰을 놓고 나간 탓에 밤늦도록 하염없이 기다리는 수밖에 없었다. 아침이 되어도 아무런 소식이 없자 D씨는 황급히 부인을 찾아 나섰다. 부인과 함께 서울에 갔던 친척들은 저녁 무렵

돌아와 인근 기차역에서 헤어졌다고 말했다. D씨는 수소문 끝에 지난밤 부인이 시내에서 피자를 샀다는 걸 알게 되었다. 시내까지 나온 김에 평소 자식들이 좋아했던 피자를 샀던 것이다. 그러다 하필 마을로 가는 버스를 놓쳤고 한참을 기다려 다음 시간대의 버스를 탔다는 사실도 알게 되었다. 그게 그가 알게 된 전부였다.

D씨는 읍내 파출소에 실종 신고를 했다. 하지만 그땐 성인이 사라지면 '실종'이 아니라 '가출'로 접수하던 시절이었다. 읍내 경찰 역시 D씨에게 부부 싸움을 했는지, 고부갈등은 없었는지부터 물었다. 단순 가출일 수도 있으니 조금만 기다려보라며 그를 집으로 돌려보냈다. 밤마다 엄마를 찾으며 우는 아이들을 보며 D씨의 속은 타들어 갔다. 그렇게 하루가 지나고, 이틀이 지나고, 일주일이 지났다. 그제야 경찰은 본격적으로 실종 사건 수사에 나섰다. 그때 누군가 길에서 부인의 신용카드를 주웠다는 신고를 했다. 차를 타고 한참을 가야 하는 다른 도시였다. 부인이 그날, 그곳까지 이동하는 건 불가능했다. 경찰은 그제야 단순 실종이 아닌 강력 범죄로 사건을 전환했다. 혹시 모를 가능성에 전경을 동원해 인근의 논밭과 산을 수색했다. 그 사이 D씨는 시내로 나가 매일 전단지를 돌리며

부인을 찾으려 애썼다. 그리고 계절은 세 번 바뀌어 추운 겨울
이 지나고, 다시 봄이 찾아왔다.

D씨 마을의 한 농부는 이번 봄을 맞아 몇 년간 놀리던 밭
에 농사를 지을 생각이었다. 그는 사람 키만 한 갈대만 대충
베어낸 뒤 밭에 불을 붙였다. 어느 정도 불이 번졌을 때 연기
너머로 얼핏 동물 사체 같은 것이 보였다. 겨우내 죽은 고라
니일 거라고 생각했다. 가까이 가보니 고라니 위로 사람의 옷
이 보였다. 놀란 그는 얼른 불을 끄고 경찰에 신고했다. 출동
한 형사들은 타다만 잡초 사이에서 D씨 부인의 옷과 신발을
찾았다. 놀랍게도 그 밭은 마을 버스정류장에서 D씨의 집으
로 향하는 길가에 붙어 있었다. D씨가 부인을 찾아다니며 매
일 걸어서 지나간 그 길이었다. D씨의 자식들도 학교로 가는
버스를 타기 위해 그 길을 따라 걸어 다녔었다. 그토록 애타게
기다렸던 부인이 발견된 장소를 알았을 때, D씨는 어떤 말도
할 수 없었다.

형사들은 부검 결과와 현장에서 발견된 옷가지를 토대로
강간 살인 사건이라는 결론을 내렸다. 하지만 그게 전부였다.
현장에서는 어떤 증거도 발견되지 않았다. 당연한 이야기지
만 과거 시골 마을에는 CCTV가 없었다. 그 흔한 목격자 한

명 나타나지 않았다. 시신마저 너무 늦게 발견된 탓에 다른 증거를 찾을 수 없었다. 그렇게 사건은 미제 사건이 되어 경찰서 어느 캐비닛 속으로 사라졌다.

D씨는 여전히 같은 집에서 살고 있었다. 장성한 자식들은 모두 다른 도시로 떠났다고 했다. 오래된 시골집에서 '홀아비 생활'을 한다고 말하던 그는 곧 있을 부인의 사갑을 준비하고 있었다. 사갑이 뭐냐고 묻는 내게 세상을 떠난 고인의 환갑을 챙겨주는 것이라고 했다. 기일에 맞춰 제사를 지내고 고인을 위한 한복과 고무신을 마련해 무덤 앞에서 태워 하늘로 보낼 거라고 했다. D씨는 고인의 사갑 즈음에 맞춰 찾아온 방송국 사람들에게 큰 기대를 품고 있었다. 우리가 온 것이 단순한 우연이 아니라 하늘에서 범인을 잡아줄 귀인을 보낸 것 아니겠냐고 말하면서.

그는 사건 발생 직후부터 지금껏 일기를 써왔다고 말했다. 부인을 찾아다니며 알게 된 사실을 하나라도 잊을까 두려워 일기를 쓸 수밖에 없었단다. 노트에는 아내 실종 직후부터 본인이 찾아갔던 곳, 만난 사람들, 수사를 담당한 형사들까지, 사건과 관련된 모든 정보가 적혀 있었다. 하지만 본인은 평생 농사만 짓던 사람이라 기록만 했을 뿐 수사 과정에 대해서는 전혀 아는 바가 없다고 했다. 그래서 범인은 못 잡더라도 수사 내용에 대해서는 꼭 알고 싶다고 했다. 혹시 자신이 모르는 작은 단서라도 있었던 것은 아닌지 남편으로서 꼭 알고 싶다고. 그러면서 그는 한마디 덧붙였다.

"뉴스 보니까 옛날 옷에서 DNA가 나와서 이춘재를 잡았다고 하더라고요. 애들 엄마 옷이랑 신발도 경찰서에 있어요. 높으신 박사님들이 우리 애들 엄마 옷으로 DNA 검사 한 번 해주시면 정말 소원이 없겠어요."

D씨 부인의 사건에 그래도 한 줄기 희망이 남아 있구나 싶었다. 경찰에 요청하면 당연히 DNA 검사는 해줄 거라고 말씀드렸다. 그간의 수사 과정을 궁금해 하는 그에게 시골집 거실에 둘러앉아 정보공개청구를 도와드렸다. 모든 수사 기록과 피해자의 유류품에 대한 정보공개청구였다. D씨는 사건 발생 십수 년이 지나서 처음으로 유족으로 할 수 있는 권리를 행사했다.

진짜 하늘에서 도와주시는지 취재는 매우 순조로웠다. 보통 사건을 취재하다 보면 당시 피해자의 행적을 찾느라 일주일씩 성과 없이 허비할 때도 많았다. 하지만 D씨의 일기장 덕분에 누구든 만나려고만 하면 만날 수 있었다. 밭에서 부인의 시신을 발견한 농부, 부인이 탄 버스를 운전한 기사, 버려진 피 자를 본 마을 할머니까지. 시간이 꽤 흘렀지만 대부분의 사람들이 여전히 같은 자리에서 살고 계셨기에 쉽게 만나 인터뷰할 수 있었다. 그리고 모두 그날을 또렷하게 기억하고 계셨다.

피디에겐 참 반가운 상황이었다. 일단 사람들을 만나 부지런히 인터뷰했다. 당시 부인의 시신이 발견된 장소나 마지막 귀갓길 동선도 그대로 남아 있어서 시간이 있을 때마다 촬영해 뒀다. 평소처럼 새벽까지 야근을 하거나 무리해서 시간을 맞출 일도 없었다. 취재의 A부터 Z까지 모든 게 완벽했다. D씨가 정보공개청구한 수사 기록만 받아 전문가로부터 자문을 구하면 끝이었다. 그러다 부인의 유류품에서 범인의 DNA가 검출된다면 더할 나위 없이 최고의 방송이 될 것이라고 생각했다. 경험해 본 적 없는 최고의 컨디션으로 행복한 상상을 하며 정보공개청구에 대한 답이 오기만을 기다렸다.

정보공개청구의 경우, 접수된 지 10일 이내에 답변하도록 법으로 정해져 있다. 그런데 기한이 다 되었을 때 경찰에서 연락이 왔다. 단순한 확인 연락이었지만 청구 절차에 대해 잘 모르는 D씨는 내게 도움을 청해왔다. 특별히 할 일도 없던 나는 경찰서에 대신 다녀오겠다고 했다. 간 김에 수사를 맡았던 형사의 공식 인터뷰도 요청할 생각이었다. 어느 때보다 여유로운 경찰서 나들이였다.

경찰서 책임자는 뭐든 적극적으로 취재에 협조하겠다고 했다. 마침 담당 형사도 그 부서에서 아직 근무 중이라며 인터뷰를 추천했다. D씨의 일기장에도 여러 번 등장한, 피해자 가족 모두가 믿고 신뢰하던 형사였다. 정보공개청구한 기록도 최대한 빨리 절차를 밟아 협조하고 유류품도 찾아보겠다고 말했다. 그동안 취재하면서 한 번도 경험해 보지 못한, 모든 일이 술술 풀리는 전체적으로 운이 좋은 취재 기간이었다.

며칠 뒤 D씨는 경찰서에서 두꺼운 수사 기록 복사본을 받았다. 하지만 유류품에 대해서는 좀 더 기다려 달라는 답변만 반복했다. 창고에서 유류품을 찾는 게 왜 오래 걸릴까 싶은 생각이 들었다. DNA 검사를 맡기는 것도 경찰서 담당자가 유류품을 택배로 국과수에 보내기만 하면 된다. 시간이 걸릴 일이 아님에도 답이 오지 않으니 직감적으로 불길함을 느꼈다. 하지만 D씨에게 티를 낼 수 없었다. 조심스럽게 취재를 진행하던 우린, 며칠 뒤 믿을 수 없는 사실을 듣게 되었다. 부인의 옷과 신발이 분실되었다는 것이었다.

2005년 일명 '태완이법'이 제정되면서 이후 살인 사건에 대한 공소시효는 모두 폐지되었다. 따라서 범인이 잡히지 않은 이상 D씨 부인 사건 역시 영원히 종결될 수 없었다. 그러니 유류품도 당연히 보관해야 할 가장 중요한 증거였다.

D씨에게 이 사실을 어떻게 알려야 할지 막막했다. 사실 우리가 취재를 시작한 이후로 DNA 검사에 대한 D씨의 기대는 점점 커지는 중이었다. 그는 부인의 사갑에 맞춰 모든 일이 술술 풀리는 운명 같은 순간이 왔다고 믿었다. 물론 술술 풀리는 취재에 신이 나서 매일 D씨의 기대를 부추긴 나의 책임도 컸다. 하여튼 이미 범인을 잡을 거라고 확신하고 있는 그에게 경찰이 실수로 부인의 옷과 신발을 잃어버렸다는 사실을 알려야 했다. 차마 그 말을 할 용기가 없었다. 하지만 피할 방법도 없었다. 이 역시 방송을 만드는 우리에게 주어진 책임이자 숙명이니까.

취재를 끝낸 어느 늦은 밤, 여느 때처럼 우리는 D씨의 집을 찾았다. 아침 일찍부터 밭일에 나섰던 그는 어두침침한 거실에 앉아 막걸리 한 통으로 저녁을 때우고 있었다. 안주는 김치뿐이었다. 취기가 살짝 오른 그와 수사 기록을 함께 보게 되었다. 그는 기록에 적힌 용어가 어려워 내용을 이해하기 어렵다고 했다. 그런 그의 곁에서 한 장씩 수사 기록 내용을 설명해 드렸다. 그간 몰랐던 사실을 알게 된 그는 고개를 끄덕이기도 하고 탄식을 내뱉기도 했다. 그가 수사 기록에 몰입할수록 당시 형사들이 정말 고생했겠다는 말만 반복했다. 부담스러웠다. 하지만 이렇게 된 마당에 조금이라도 빨리 사실을 알려드리는 게 D씨를 위한 일이라는 생각이 들었다.

진지하게 드릴 말씀이 있다고 말을 꺼냈다. 그 말을 하자마자 그가 눈을 크게 뜨며 물었다. 혹시 DNA 검사 결과가 나온 것이냐고.

"선생님 저희가 경찰서에 몇 번이고 확인을 했는데요. 아직 부인께서 입으셨던 옷이랑 신발을 못 찾았다고 하네요…."

차마 잃어버렸다는 말이 나오지 않아 못 찾았다고만 했다. 하지만 그는 말의 의미를 단번에 알아차렸다. 벌겋게 달아올라 있던 D씨의 얼굴이 회색빛으로 굳어졌다. 급한 마음에 지금 형사들이 열심히 찾고 있으니 곧 발견될 거라는, 해서는 안 될 헛된 거짓말을 해버렸다. 하지만 아무 소용이 없었다. 옷과 신발을 다 잃어버린 것이냐고 그는 되물었고, 나는 그저 맞다고 할 수밖에 없었다.

"그럼 지금까지 해온 모든 게 다 헛짓거리였네요."

D씨는 감정을 추스르지 못했다. 한참 동안 두서없는 말을 늘어놓으며 화를 냈다. 그를 지켜볼 수밖에 없었다. 잠시 조용해지더니 갑자기 그가 이렇게 물었다. 자신의 얼굴을 방송에 공개하면 어떨 것 같으냐고. 얼굴을 가리고 목소리를 변조하면 치밀어 오르는 분노와 억울함을 오히려 사람들이 느끼지 못할 것 같다고 했다. 아주 낮은 가능성이지만 범인을 알고 있는 사람이 얼굴을 공개한 D씨의 용기와 분노를 보고, 제보할 가능성도 있지 않겠냐고 내게 진지하게 물었다.

이성적인 판단이 아니었다. 자식과 손자도 있으니 그분들과 같이 상의해 보시라며 말렸다. 하지만 그는 단호했다. 남편이자 아버지로서 모든 걸 걸고 억울함을 알려야겠다고 했다. DNA 검사라는 마지막 희망이 사라진 이 순간 부인을 위해 자신이 할 수 있는 일은 이것밖에 없다면서. 취재의 모든 흐름이 바뀌는 순간이었다. 피해자의 가족이 우리 방송에서 자신이 할 수 있는 모든 걸 다하겠다고 하니 우리 역시 책임을 져야 했다. 월급 받는 만큼, 루틴대로만 일하려 했던 태도와 마음가짐을 다 잡았다. 이젠 무엇이든 그의 손을 잡고 끝까지 가야 했다.

그날 이후 궂은 날씨가 이어졌다. 한겨울임에도 수시로 빗

방울이 몰아쳤다. 하지만 우리는 갈 수 있는 모든 곳으로 달려갔다. 인터뷰를 하던 담당 형사는 장례식장에서 유류품을 유족에게 돌려줬다고 말했다. 그랬다면 인계한 서류가 있을 터였다. 유류품을 찾기 위해 다른 형사들도 찾아다녔다. 모두 행방을 모른다고 했다. 그러는 사이 담당 형사가 종적을 감췄다. 결국 경찰서 책임자가 대신 나서서 분실된 유류품에 대한 사과를 했다. 그와 별개로 작은 단서라도 얻기 위해 추가 취재를 멈출 수 없었다. 하지만 성과는 없었다. 허무하게 모든 과정이 끝나가던 일요일, D씨가 오래전부터 준비하던 부인의 사갑이 되었다.

D씨는 정성스레 맞춘 부인의 한복과 고무신을 들고 막내아들과 집을 나섰다. 인근 선산으로 향하는 그 길을 우리도 조용히 따라갔다. 묘지에 이르렀을 때 갑자기 하늘에서 함박눈이 쏟아졌다. 예보에 없던 눈이었다. 단 몇 분 만에 온 세상이 하얗게 덮였다. 하지만 D씨는 아무 말 없이 산을 오르기만 했다. 머리에 쌓인 눈을 털어내려고도 하지 않았다. 그저 하얀 길을 따라 부인이 있는 곳으로 향할 뿐이었다.

눈이 두텁게 덮인 부인의 묘지 앞에서 D씨는 한복을 꺼내

들었다. 분홍색 옷감으로 만든 고운 옷이었다. 잠시 옷을 바라보던 D씨는 말없이 불을 붙였다. 하얀 함박눈 아래로 분홍색 한복에 노란 불길이 일었다. 아름답고도 진귀한 그림이었다. 귀하디귀한 장면인데 가슴이 찢어지도록 슬펐다. 그 불꽃이 사라져 버린 부인의 마지막 옷과 신발마저 집어삼키는 것만 같아서….

내가 살인 사건의
피해자가 된다면_____

"무섭지 않으세요? 협박당한 적은 없으세요?"

최근 몇 년 동안 가장 많이 들어본 질문이다. 혹시 누군가
가 해하려 한 적은 없었는지, 사람들은 진심으로 나의 안전
을 궁금해 한다. 회사에서 경호원이라도 붙여줘야 하는 거 아
니냐며 흥분하는 사람들도 종종 있다. 그때마다 그저 웃어넘
길 뿐이다. 예전부터 몇몇 선배들이 이렇게 말하곤 했다. 함께
일하던 동료 중 나쁜 일을 당한 사람은 지금껏 없었다고 말이
다. 지난 30년 동안 범죄 피해자가 된 사람은 단 한 명도 없었

으니 안심하고 일해도 된다고.

'지금껏 단 한 명의 범죄 피해자도 없었다'는 수치적 기록만으로, 모두의 미래를 단언해서는 안 된다. 나를 포함해 누구든 1호가 되어 새로운 기록으로 남을 수 있다. 사람 일은 아무도 모르는 거니까. 솔직하게 말하자면 협박? 당한 적 있다. 여러 번 있다. 나를 만나겠다며 조폭들이 회사 로비로 찾아온 적이 있다. 실제로 우리에게 험한 협박을 하고 징역형을 선고받은 사람도 있다. 이름 모를 매체의 기자와 불법업자들이 '이동원 피디'에 대해 뒷조사를 한다는 제보를 받은 적도 있다. 내가 취재를 하며 수집한 범죄 증거를 수사기관에 넘겼기 때문이었다. 물론 나에겐 아무 피해가 없었다. 그들만이 자신들이 저지른 범죄로 처벌받았을 뿐이다.

그러다 보니 전화로, 문자로, 댓글로 욕먹는 건 다 그러려니 하고 살아야 할 판이다. 너무 위험한 거 아니냐고? 글쎄, 그럼에도 불구하고 크게 위험하다고 느끼진 않는다. 우리 모두가 잘 알다시피, 나는 그렇게 정의로운 사람이 아니다. 누군가 직접 공격을 실행할 정도로 위대하거나 상징적인 인물도 아니다. 나는 그저 회사의 업무를 수행하고 대가를 받는 일개 월급쟁이 피디에 불과하니까.

내가 죽을 고비를 넘길 일은 없을 거라고 확신하지만 그래도 상상은 자주 해본다. 오늘 당장 내가 죽는다면 어떤 일이 일어날까? 협박이나 위협과는 별개로 직업 특성상 타인의 죽음을 많이 접하다 보니 익숙해진 상상이다.

세상 어떤 죽음도 억울하지 않은 경우는 없다. 하지만 내가 일하며 마주하는 죽음은 차원이 다르다. 극도로 충격적이다 못해 '사건'이라 불리게 된다. 이런 경우 죽은 사람도 억울하겠지만 주변 사람들마저 괴로움을 겪는다. 가족을 구하지 못해서, 왜 죽었는지 이유를 몰라서 등 남은 사람들이 고통받는 이유도 너무 많다. 이들의 감정과 눈물을 오롯이 마주하다 보면 나 또한 아무것도 할 수 없는 무력감에 물든다. 하지만 쏟아지는 그들의 고통을 꾹 참고 카메라에 담아내야만 한다. 그게 내 직업이니까. 그렇게 모진 하루를 보내고 퇴근할 때면 어김없이 같은 상상을 해본다. 내가 오늘 살인 사건의 피해자가 된다면 어떤 일이 일어날까?

누군가 나를 해하려 찾아온다면, 결국 내가 살아남을 수 없다면 어떻게 해야 할까. 죽기 전 어떻게든 범인의 흔적을 남겨 사후 수사에 도움을 줘야겠다는 생각을 해본다. 세상에 남은 이들이 겪는 고통 중 가장 큰 것이 죽음의 이유조차 모르는 것이다. 누가, 왜 죽였는지를 모른다면 분풀이를 할 대상조차 없다. 그 고통을 내 주변 사람들에게 절대 남기고 싶지 않다. 꼭 범인을 잡게 만들 것이다. 다행히 그간 취재를 하며 수사기관이 범죄 사건의 증거를 수집하는 방법을 많이 봐왔다. 그 경험 덕에 내가 살인 사건의 피해자가 된다면 어떤 방식으로 증거를 남길지 여러 시나리오를 준비해 뒀다.

그건… 그래도 혹시 모르니 여기선 비밀로 해야겠다. 여하튼 내게 나쁜 일이 생긴다면 꼭 범인을 잡아주길 바란다. 강력한 처벌로 꼭 단죄해 줄 것도 부탁드린다. 물론 그럴 일은 당연히 일어나지 않겠지만.

내가 살인 사건의 피해자가 된다면 내 몸은 중요한 증거가 될 거다. 아마 담당 검사는 부검을 요청할 것이다. 그렇다면 국과수 또는 어느 대학교 법의학 교실에 계신 누군가가 담당하시게 될 거다. 그간 인터뷰하며 만난 수많은 전문가들을 떠올려 보았다. 다들 직업적 사명감이 투철한 분들이니 누가 해주시건 아무 문제없을 것이다. 단지 내가 피디로 살면서 그분들께 실수한 건 없는지 걱정될 뿐이다.

부디 어느 부검의 선생님께서 담당하시건 나를 불쌍히 여겨 신경 써주시길 부탁드린다. 항상 최선을 다하시겠지만 그래도 아주 조금 더 애써주셨으면 좋겠다. 안 그럼 한동안 꿈자리가 뒤숭숭할 걸 각오하셔야 될 거다. 그리고 염치없지만 하나 더 부탁드리고 싶다. 부검을 마치고 마무리할 때 봉합을 깔끔하게 해주셨으면 좋겠다. 왜 그런지는 굳이 설명 안 해도 잘 아실 거다. 정말 이것만큼은 돋보기안경 쓰시고 최선을 다해서 '직접'해 주시길 진심으로 부탁드린다.

　내가 살인 사건의 피해자가 된다면 사건은 기사화될 거다. 어느 언론사의 사회부 기자건 〈그것이 알고 싶다〉 출신 피디와 관련된 사건은 당연히 기사로 쓰고 싶어 할 테니까. 그렇다면 기사에서 내 이름이 공개되어도 상관없을 것 같다. 아니 공개해 줬으면 좋겠다. 어설프게 익명 처리했다가 온갖 사람들의 이상한 추측이 가십거리로 남는 걸 원치 않는다. 깔끔하게 신상을 공개하고 명확하고 정확한 사실만 기록으로 남길 바란다. 그게 세상에 남은 이들에게 상처를 덜 주는 방법이라는 게, 내 짧은 경험에 따른 판단이다.

　내가 살인 사건의 피해자가 된다면 부검이 끝난 이후 장례 절차가 시작될 거다. 회사 동료, 친구들을 비롯해 조문 오시는 모든 분들이 부의금을 많이 내주셨으면 한다. 진심으로 나의 죽음을 안타까워한다면 그 마음을 봉투에 가득 담아 표현해 주셨으면 좋겠다. 회사에서도 위로금을 넉넉히 보내주시길 부탁드린다. 물론 10년 넘게 직장생활하며 회사 매출에 큰 보탬이 되지 못했기에 염치없는 부탁이란 건 잘 알고 있다. 그래도 나름 성실하게 일해왔다는 점을 높이 평가해 주시길 바란다.

뻔뻔하게 이런 부탁을 하게 된 건 내가 이번 생에 피디를 직업으로 택했기 때문이다. 오지랖 넓게 남의 집 희로애락을 챙기느라 정작 우리집 경제사를 신경 쓰지 못했다. 그래서 봉투 가득한 부의금 상자만이, 남아 있는 가족들에게 살아갈 힘을 보태줄 방법이라고 믿는다. 그때까지 나는 계속 오지랖 넓게, 남의 집 경조사를 있는 힘껏 챙기도록 하겠다. 그러니 꼭 부의금에 신경 써주길 다시 한 번 진심으로 부탁드린다. 물론 나보다 더 오래 살았을 때 해당되는 부탁이다(참고로 사주팔자를 보면, 내 명이 무진장 길다고 한다).

부의금 타령을 하다 보니 조금 더 구체적으로 내 장례식장의 풍경을 상상하게 된다. 몇 명이나 나를 위해 울어줄까? 둘러앉아 육개장을 먹는 이들은 나를 어떤 존재로 기억할까? 간혹 조문객들이 전하는 망인과의 추억이 유족에게 큰 위로가 되는 걸 본 적이 있다.

"동원이는 생전에 참 좋은 사람이었어요. 우린 그를 따뜻한 사람으로 기억할 겁니다."

가족들이 고통을 넘어 일상을 회복하려면 이런 따뜻한 위로가 필요하다. 그러려면 일단 '좋은 사람'으로 살아야만 한다.

'살인 사건의 피해자가 된다면'이라는 말도 안 되는 상상은 이렇듯 '좋은 사람으로 살자'는 뜬금없는 다짐으로 귀결되곤 한다. 근데 단순한 이 다짐을 어떻게 해야 이룰 수 있는지 잘 모르겠다. 위인전이 나오거나 내 이름을 딴 재단이 설립되는 위대한 삶을 꿈꾸는 게 아니다. 갑자기 죽음을 맞이하더라도 그저 내 장례식장 풍경이 나쁘지 않길 바랄 뿐이다. 하지만 정말 모르겠다. 타인의 마음속에 '좋은 사람'으로 남는 삶이라니. 대체 어떻게 살아야 하는 걸까.

'좋은 사람'이란 단어가 떠오를 때마다 연상되는 사람이 있다. 취재하며 알게 된 '이승용 변호사'다. 제주 출신인 그는 서울대 법대에 입학한 뒤 사법고시에 합격해 검사가 되었다. 몇 년 뒤 고향으로 돌아와 변호사로 일하던 그는 1999년 11월 5일 새벽 '살인 사건의 피해자'가 되었다. 검사 출신 변호사가 살해당한 사건에 제주 전역이 뒤집혔다. 범인을 잡기 위해 모

든 검사와 형사가 밤낮으로 나섰다. 하지만 특수 제작된 흉기
에 의한 공격이라는 추정만 했을 뿐, 어떠한 증거도 찾지 못했
다. 그 흔한 용의자 리스트조차 만들지 못한 수사팀은 결국
해체되었다. 이후 15년이 흘러 공소시효가 완성되었다. 결국
사건은 영구 미제로 종결되고 말았다.

영원히 끝나버린 줄만 알았던 이 사건을 알게 된 건 2019년
사무실에서 접한 제보 하나 때문이었다. 제주 지역 조직폭력
배 출신이라는 제보자는 당시 캄보디아에 불법체류 중이었
다. 그는 전화로 1999년의 살인 사건에 자신이 관여했다고 말
했다. 전례가 없는 제보였다. 나는 캄보디아로 날아가 직접 제
보자를 만났다. 제보자는 특수 제작된 흉기에 대해 설명했다.
살인 사건 전후 상황에 대해서도 진술했다. 공소시효가 끝난
시점에 대해서도 알고 있었다. 그와의 인터뷰를 카메라에 담
아 서울로 돌아왔다. 그 이후 3년간 제주를 오가며 '제주 이
승용 변호사 살인 사건' 취재에 매달리게 되었다.

이 사건 취재를 하며 개인적으로 가장 특이하다고 생각했던
건 바로 '이승용 변호사' 지인들의 태도였다. 20명이건, 30명
이건 인터뷰를 거절하는 사람은 단 한 명도 없었다. 심지어
자신의 얼굴과 이름을 방송에 공개해 달라고 먼저 요청하기

도 했다. 영문도 모른 채 살해당한 변호사, 지금도 고통받는 유족들을 위해 발 벗고 나서겠다는 게 이유였다.

　방송을 만드는 피디 입장에서 인터뷰하는 사람들을 모자이크 하지 않는 건 참 편리한 일이다. 하지만 아무리 피해자와 깊은 친분이 있었다 해도 본인 신상을 공개하는 건 일반적이지 않았다. 매일 반복되는 이 상황이 전혀 이해되지 않았다. 그래서 그들에게 묻기 시작했다. '이승용 변호사'는 당신들에게 어떤 사람이었냐고.

　"글쎄요. 나에게 어떤 사람이었을까? 아직도 그 답을 모르겠어요."

　인터뷰 내내 답을 찾지 못하겠다고 말하던 K. 희끗희끗한 머리에 60세가 넘은 그는 사망한 변호사의 마지막 사무장이었다. 오랜 수소문 끝에 K를 만났을 때 그는 우리를 무척이나 경계했다. 5년에 한 번씩 기자들로부터 연락이 온다고 했다. 미제 사건 기획기사가 나갈 때면 잠시 이 사건에 관심을 가졌다가 이내 잊히고 마는 과정의 반복. 그것 또한 남겨진 이들에겐 큰 상처였다.

　우릴 경계하는 K에게 우리가 받은 제보 내용을 알려주었

을 때, 그는 내 말을 믿으려 하지 않았다. 아무리 공소시효가
지났어도 어떻게 그런 제보를 할 수 있는지 이해하지 못하는
듯했다. 구체적인 제보 내용을 다 들은 뒤 K는 사람들이 많은
카페 안에서 소리 내어 울었다. 이미 20년도 넘은 사건이었다.
고통이 무뎌질 만큼 긴 세월이 흘렀지만 마치 어제 일어난 일
처럼 아파하며 크게 울었다.

K는 매년 11월 5일이 되면 어김없이 사망한 변호사의 묘지
를 찾는다고 했다. 위로가 아닌 원망의 마음이라고 말했다. 검
사 출신이자 유능한 변호사였던 피해자가 단 하나의 증거도
남기지 않은 걸 여전히 그는 원망하고 있었다.

"거기 가면 내가 꼭 그렇게 얘기를 해요. 변호사님, 아주 작
은 증거라도 있으면 꿈에서라도 나타나서 알려줘요. 그럼 꼭
범인을 잡아오겠다고."

꿈에서라도 단서를 찾고 싶은 K에게 갑자기 나타난 우리,
그리고 우리가 전한 얘기에 그는 큰 충격을 받은 듯했다. 다리
에 힘이 풀려 한참을 일어나지 못했던 K는 그날 이후로 우리
의 또 다른 제작진이 되었다. 취재에 도움이 될 만한 사람은
누구든 설득해서 만나게 해주었다. 행방을 알 수 없는 사람도
직접 수소문해서 찾아주었다. 그렇게 만난 사람들 역시 K와

같은 마음으로 인터뷰에 응했다. 그리고 입을 모아 이렇게 말했다. 이승용 변호사는 세상에 다시없을 '의인'이었다고.

1990년대 초반, 검사로 일했던 이승용은 위세나 권력과는 거리가 먼 사람이었다. 달동네 단칸방에 살며 검찰청으로 출근했지만 이웃 누구도 그가 검사인 걸 알지 못했다. 그 시절 흔한 접대도, 회식도 피해 다녔다. 허름한 포장마차에서 소주 한 잔하며 하루의 피로를 털어내면 그만이었다. 대쪽 같은 성격에 검사로서 훌륭함을 인정받았지만, 그 대쪽 같은 성격 때문에 오래지 않아 검찰 조직을 떠나야만 했다.

변호사로 개업한 뒤에는 억울한 일을 당한 사람을 위해 무료로 변호하는 게 일상이었다. 부정부패에 맞서는 사람이 양심선언을 한다고 하면 정당에 관계없이 자신의 사무실을 기자회견장으로 기꺼이 내어주었다. 숨을 곳이 필요한 사람들에게 그의 사무실은 임시 피난처가 되기도 했다. 〈제주 4.3 특별법〉이 없었던 시절에, 그는 '제주 4.3'의 법적 해결 방법을 적극적으로 찾아 나섰다. 제주 4.3 피해자들의 명예 회복을 공개적으로 주장하기도 했다. 세상 모든 일을 내 일처럼 챙기면서도 하루에 서너 권의 책을 읽으며 매일 서점을 들르는 게 일상이었던 이승용. 그는 법률가이자 지식인이었으며 진리와 정의를 추구하는 양식 있는 사람이었다.

　명성과 평판이 훌륭했던 사람이 황망히 세상을 떠나자 주변 사람들의 충격은 매우 컸다. 이승용 변호사를 누가, 왜 죽였는지조차 알지 못한 채 영구 미제 사건으로 끝나버리자 남은 사람들의 마음속엔 오래된 응어리가 맺혔다. 카메라 앞에 얼굴을 공개하고 앉은 많은 이들의 용기는 그 오래된 빚과 죄책감의 산물이었다.

　내가 살인 사건의 피해자가 된다면 과연 지인 중 몇 명이나 인터뷰에 응해줄까? 훌륭하고 거창한 삶은 아니었지만 나름 열심히 살아왔다고 자부한다. 하지만 이런 생각을 할 때면 자신이 없어진다. 과연 나의 삶은, 카메라 앞에서 자신의 얼굴과 목소리를 공개할 수 있는 용기를 타인에게 줄 수 있을까?

　오랫동안 피디로서 이승용 변호사 사건을 취재했지만, 그의 인생을 추적하며 내 삶의 방향에 대한 답을 찾고 있었다. 사람들이 전해주는 이승용 변호사에 대한 좋은 기억들이, 어쩌면 갑자기 죽음이 찾아와도 부끄럽지 않게 내 삶을 정리할 수 있는 방법일지도 모르니까.

에필로그

물론,
그럼에도 불구하고

절도, 사문서 위조, 명예훼손 등등….

별별 혐의로 경찰서에서 소환장이 올 때마다 내 머릿속은 하얘지곤 했다. 분명 잘못한 일도 없고, 주어진 업무를 다한 것뿐이며, 많은 사람들로부터 관심과 지지를 받았지만…. 매번 날아오는 소환장은 큰 부담이었다. 하얀 봉투의 소환장을 뜯을 때면 항상 이런 생각이 들곤 했다. 회사 오너도, 대표이사도, 본부장도, 국장도, CP도 아닌 일개 사원에 불과한 내가 왜 경찰서에 가야 한단 말인가. 대체 '피디'의 업무 범위는 어디까지란 말인가.

물론, 그럼에도 불구하고 매번 어김없이 경찰서에 출석했다. 피의자가 되어 누구보다 더 성실하게 조사를 받고 나면 몇 달 뒤, 사무실로 하얀 봉투가 하나 더 날아왔다. 불기소처분서였다. 그 종이 한 장이면 나는 피의자에서 일반 민간인으로 자유(?)를 되찾을 수 있었다.

사실 처음 소환장을 받을 때부터 별일 없을 거라는 걸 그 누구보다 잘 알고 있다. 그럼에도 불구하고 내가 만든 방송에 나오는 사람들처럼, 피의자 신분으로 조사를 받고 지장을 찍는 일은 시간이 지나도 전혀 익숙해지지 않았다. 아니, 익숙해질 수 없었다.

그러다 경찰서에 만난 한 형사님이 '피디님 지난 번 조사 때보다 살이 더 찌셨네요'라는 농담이라도 건넬 때면, 이 동네 경찰서의 단골손님이 된 것만 같은 좌절을 느꼈다. 게다가 뭐든 몸이 먼저 기억한다고 했던가. 형사님이 조사를 마치고 조서를 인쇄해 오면, 시키지 않아도 인주를 찾아들고 알아서 지장을 찍는 모습이란. 정말 모르는 사람이 보면 교도소를 몇 번 들락날락한 사람처럼 보일 거다.

그렇게 경찰서를 다녀온 날이면 하루 종일 입맛이 씁쓸했다. 웃으려고 해도 웃음이 나질 않았다. 무혐의로 끝날 거라는

걸 알지만, 그래도 불기소처분서가 빨리 안 오면 기다려지곤
했다. 불현듯 떠오르는 스트레스 거리였고, 매일 어깨를 짓누
르는 짐 덩어리였다. 그러다 삶이 더 버거워지면, 서랍에 고이
넣어둔 사직서를 만지작거리며 깊은 고민에 빠진다.

　어찌되었건, 혹시라도 잘못 되면 전과는 회사가 아닌 나의
몫이었다. 과연 월급 받으면서 이렇게까지 일해야 하는 건지
판단이 서질 않았다. 다른 직업을 가진 사람들도 이렇게 살
까? 대체 방송이 뭐길래 이렇게까지 일해야 하는지 회의가 들
곤 했다. 그럴 때마다, 나를 붙잡아주는 건 항상 곁에 있는 동
료들이었다.

　한 번은 멘탈이 버티지 못해 모든 걸 포기해야겠다고 마음
먹은 날이 있었다. 한밤중이었지만 무작정 우리 팀 선배의 집
앞으로 찾아가 전화를 걸었다. 잠옷 바람으로 뛰어나온 선배
는 힘들면 다 포기해도 된다고 말해주었다. 방송은 펑크나겠
지만 그게 네 인생보다 중요하겠냐며. 뒷일은 자기가 다 책임
질 테니 걱정 말라며 위로해 주었다.

　예기치 못한 방송사고로 어느 단체에서 반발해 사무실이
발칵 뒤집힌 날도 있었다. 일주일 넘게 밤을 샌 나는 이성적인
판단을 내리지 못해 우물쭈물하고 있었다. 그때 뒷일은 걱정

말고 일단 쉬라며 집으로 보내준 선배가 있었다. 나중에 알고 보니 그 선배가 나를 대신해, 반발한 단체 사람들을 만나 머리를 조아리며 사태를 겨우 수습해 주었다.

다른 사람의 과오로 절체절명의 위기에 몰린 날도 있었다. 어찌할 바를 몰랐던 나는 고민 끝에 연차 높은 선배에게 SOS 문자를 보냈다. 그러자 선배는 모든 회의를 다 미뤄두고 달려와 밤늦도록 얘기를 들어주셨다. 그리고 다음 날 아침 일찍, 내가 눈도 뜨기 전에 이런 문자를 보내셨다. 사장님 보고까지 다 끝냈으니 마음껏 일해보라고. 그날의 감사함을 지금도 잊지 못한다.

곧 들이닥칠 고소 걱정을 하다 우연히 엘리베이터에서 법무팀 선배를 만난 적이 있었다. 선배 얼굴을 보자마자 나도 모르게 '선배 이번 방송 끝나면 소송이 제대로 들어올 것 같아요'라고 했다. 선배는 대뜸 나를 법무팀 회의실로 데려갔다. 그리곤 이렇게 말했다. 뒷일은 얼마든지 막아줄 테니 걱정 말고 열심히 취재해서 제대로 한 방 먹여주라고. 선배만 믿고 진짜 앞만 보고 달렸다. 방송이 나간 뒤, 내가 아닌 취재 대상이었던 사람이 구속되어 수감되었다.

결정장애가 있는 나는 현장에서 매번 주저하곤 했다. 앞으로 닥쳐올 미래를 1수, 2수가 아니라 10수, 50수까지 가늠해봐야만 마음이 편했기 때문이다. 내가 겁이 많은 탓이었다. 그럴 때면 나를 이끌고 가는 건 조연출로 함께하는 후배 피디들이었다. 앞장서는 그들 뒤를 졸졸 따라다닌 덕분에 먹고살 수 있었다.

물론 그럼에도 불구하고, 다 접고 주저앉고 싶은 순간이 수천 번은 있었다. 그럴 때면 마음껏 울어도 된다며 어깨를 내어주는 카메라 팀 동료이자 친구가 있었다. 한번은 진짜, 그친구 어깨에 기대어 펑펑 울었던 적도 있다. 그때 실컷 울지 못했다면 다시 일어날 수 없었을 거다.

잘하고 있다고, 무조건 네 편이라고 매일 주문을 걸어주는 아버지 같은 기장님도 함께해 주셨다. 그분이 운전대를 잡아주신 덕분에 안전하게 전국 방방곡곡으로 출장을 떠날 수 있었다.

그리고 현장에서 이 모든 일이 벌어지는 동안, 사무실에선 밤을 새며 모든 촬영본을 확인하는 작가들이 있었다. 시간이 지나면 다 인생의 훈장이 될 거라고 말해주는, 큰누나 같은 작가들 덕분에 지금껏 마음 편히 방송을 만들 수 있었다.

몸이 아플 때 말없이 집으로 소고기를 잔뜩 보내준 선배 누나가 있었다.

제작비 걱정에 밤새 끙끙 앓을 때면, 다음날 산타클로스처럼 홀연히 나타나 돈 문제를 해결해 준 선배 형도 있었다.

컨테이너 같은 허름한 사무실에 힘내라며 샌드위치를 바리바리 사 들고 찾아오는 프리랜서 동료이자 친구가 있었다. 준비한 프로그램이 망했을 때, 주눅 들지 말라며 점심부터 삼겹살을 구워주는 드라마국 동료도 있었다. 대출 이자에 허덕이며 세상살이를 고민할 때, 똑똑한 자기 친구들을 싹 모아서 집단상담을 해준 경영 본부의 동료도 있었다.

그리고 잘하든 못하든 항상 내 편이 되어주는 소중한 동기이자 친구들도 곁에 있었다.

그 외에도 수많은 선후배 동료들이 나를 지켜주었다. 그들이 없었다면, 얼떨결에 시작한 이 직업을 금세 포기하고 말았을 거라고 확신한다.

그래서 이 책에는 '나'보다 '우리'가 많았다. 애초에 책을 내려고 쓴 글이 아니어서 의도한 바는 아니었지만, 하여튼 언제나 '나'보다 '우리'였다.

'우리'라서 행복했고, 지금도 여전히 행복하다. 월급쟁이로 살면서 좋은 동료들과 함께 했으니 얼마나 운이 좋은 사람인가. 게다가 '피디'라는 훌륭한 직업 덕분에 밥벌이를 하면서 세상 사람들에게 칭찬도 받을 수 있다는 건 얼마나 큰 축복인가.

좋은 세상에서, 좋은 사람들과 함께, 치열하게 일할 수 있는 것은 진심으로 감사할 일이다. 앞으로도 있는 힘껏 살아볼 생각이다.

물론 그럼에도 불구하고, 더 이상의 '소환장'은 사양한다.

그냥 지금 이대로, 쭈욱 행복하게 피디로 살고 싶다.

2023년 초겨울, 이동원

이피디는
'좋은 사람'을 꿈꾸고 있다

흑인 대학의 백인 교수로 일하면서 학생들의 저항에 눈감지 않았던 역사학자 하워드 진은 "우리가 단순히 직업인의 삶을 살아가지 않고 행동하는 동안, 그 과정에서 우리는 더욱 흥미진진하고 즐거우며 보람 있게 살 것"이라고 했다.

아동학대범죄로 사망한 「정인이 사건」을 세상에 널리 알린 건 '정인아 미안해'라는 이름의 영상 때문이었다. 이동원 피디와 〈그것이 알고 싶다〉 제작진은 많은 시민들이 아동 학대 범죄 근절에 동참하고 있음을 알리려고 노력했다. 방송 전부터 '정인아 미안해'라는 문구를 들고 찍은 사진을 받기 시작했다.

여기에 시민 1,844명이 참여했다. 이피디와 스태프는 이 사진들을 모아 영상을 만들었고 본 방송 직후 유튜브에 올렸다. 시민들의 반응은 폭발적이었다. 슬픔과 분노의 연대는 사회적 반성과 경각심을 일깨웠다. 제대로 된 논의조차 하지 않던 정치권으로 하여금 재발 방지를 위한 법·제도 정비에 착수하게 했다. 이피디와 그의 스태프들이 '돈을 벌기 위해 일하는 직업인'에 머무르지 않고 아픔에 공감하며 행동했기에 경험할 수 있었던 우리 사회의 변화였다.

이동원 피디는 '좋은 사람'을 꿈꾸고 있다. 좋은 사람이란 내가 발 딛고 있는 현장의 모순과 아픔을 비켜가지 않고 자신의 삶으로 끌어안는 사람이다. 모순과 아픔의 한복판으로 들어가는 일은 부단히 상처받는 일일 수밖에 없다. 이피디는 앞으로도 무서운 일을 많이 겪을 것이고, 종종 고소나 협박도 당할 것이다. '남의 불행으로 먹고사는 직업'의 숙명으로 받아들이면 좋겠다. 걱정하지 않아도 된다. 유퀴즈에도 출연한 유명인 아닌가. 좋은 사람이 유명해지면 해코지하기 어렵다. 따뜻한 세상을 꿈꾸는 그대, 우리 사회가 반드시 지킨다.

재심 전문 변호사 박준영

월급쟁이 이피디의 **사생활**

ⓒ 이동원 2023

초판 1쇄 발행 2023년 11월 13일
초판 2쇄 발행 2023년 11월 30일

지 은 이	이동원	펴 낸 곳	느린서재
펴 낸 이	최아영	출판등록	제2021-000049호
		전 화	031-431-8390
교 정	김선정	팩 스	031-696-6081
디 자 인	데일리루틴	전자우편	calmdown.library@gmail.com
인쇄제본	세걸음	인 스 타	calmdown_library

I S B N   979-11-981944-5-9 03810